Christiane Lind, Jahrgang 1964, wuchs im niedersächsischen Zonenrandgebiet auf. Sie liebt Bibliotheken und Kunstmuseen, kann auf Zigaretten und Fleisch verzichten, nicht aber auf Latte macchiato und ihren iPod. Die promovierte Sozialwissenschaftlerin hat neben Sachbüchern und Fachartikeln bereits zahlreiche, auch preisgekrönte Kurzgeschichten veröffentlicht. Heute lebt sie abwechselnd mit einem Ehemann in Duisburg und den Katern Schwarzbrot, Weißbrot, Graubrot, Kleines Brot und Linus in Kassel. Für «Weihnachtspunsch und Weihnachtskater» hat sie ihnen ganz genau auf die Pfoten geschaut.

Im Rowohlt Taschenbuch Verlag erschien von Christiane Lind bereits der historische Roman «Die Geliebte des Sarazenen» (rororo 25459).

Mehr Informationen zur Autorin unter www.christianelind.de.

Christiane Lind

Weihnachtspunsch und Weihnachtskater

Katzengeschichten zum Fest

Rowohlt Taschenbuch Verlag

Originalausgabe
Veröffentlicht im Rowohlt Taschenbuch Verlag,
Reinbek bei Hamburg, November 2012
Copyright © 2012 by Rowohlt Verlag GmbH,
Reinbek bei Hamburg
Einbandgestaltung yellowfarm gmbh, Stefanie Freischem
(Foto: Ann Mei / iStockphoto.com; Jane Burton / Getty Images)
Satz aus der DTL Dorian, InDesign,
bei Pinkuin Satz und Datentechnik, Berlin
Druck und Bindung CPI – Clausen & Bosse, Leck
ISBN 978 3 499 25970 8

Inhalt

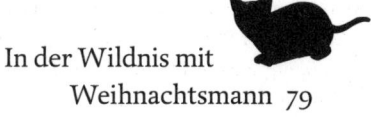

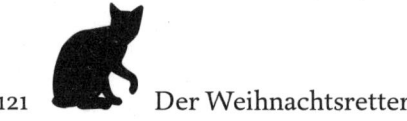

Für Mio, Wittepot,
Schwarzbrot, Weißbrot, Graubrot,
Linus, das Kleine Brot und
die namenlosen Katzen, die mein
Leben begleitet haben

und für meine Eltern,
die jede Katze, die ich mit nach Hause brachte,
freundlich aufgenommen haben

Weihnachtspunsch
und Weihnachtskater

Alle Jahre wieder schmückte Frau Buchecker den Garten mit ihrer Weihnachtsdekoration. Sie zog die Lichterketten aus der grünen Schachtel und wickelte sie in Schleifen um die Äste der Nordmanntanne am Gartentor. Sie staubte den kniehohen Weihnachtsmann ab und setzte ihn auf den Schlitten, der von vier Rentieren gezogen wurde (die Nase des ersten Rentiers blinkte in unregelmäßigen Abständen rot auf). Sie verteilte Gartenzwerge in Weihnachtsmannkostümen zwischen den Beeten und baute im Schutz des Schuppens eine wetterfeste Krippe auf.

Danach widmete sie sich dem Haus. In die Fenster stellte sie abwechselnd Lichterbögen und weihnachtliche Leuchtfiguren. Damit kein Lichterblinken abends beim Fernsehen störte, dekorierte sie das große Wohnzimmerfenster mit bunten Fensterbildern. Außerdem hängte Frau Buchecker eine weiße Leuchtgirlande um den großen Ficus Benjamini im Wohnzimmer.

«Liebling, findest du nicht, dass wir schon genug Beleuchtung haben?», merkte ihr Mann Stefan zaghaft an. «Denk doch an die Stromkosten.»

«Nur noch diese Lichterkette – dann reicht's. Und nun rauf mit dir auf die Leiter!», antwortete Frau Buchecker. «Schau dir nur an, was die Nachbarn aufgefahren haben.»

Herr Buchecker schüttelte zwar den Kopf, aber er stieg ohne weiteren Protest auf die Trittleiter und hängte die Girlande über den Nagel, den er vor zwei Jahren extra für diesen Zweck eingeschlagen hatte.

Am Heiligen Abend betrachtete Frau Buchecker ihr Werk und sah, dass es gut war. Nicht zu viel und nicht zu wenig. Nicht so grellbunt wie bei den Nachbarn zur Linken, deren Garten sie an einen Jahrmarkt erinnerte. Aber auch nicht so unweihnachtlich wie bei den Nachbarn zur Rechten, die nur einen großen Leuchtstern an die Haustür gehängt hatten.

Nur ein wenig Kunstschnee fehlte noch auf den Blautannen. Mit kundiger Hand verteilte Frau Buchecker die weißen Flocken. Wenn das Wetter schon nicht mitspielte, musste sie eben selbst für weihnachtliche Stimmung sorgen.

Im Haus zündete sie die Teelichter auf den Lichterbögen an, wischte über die Fensterbilder und warf einen prüfenden Blick auf die Krippe und den Christbaum. Alles wirkte perfekt wie jedes Jahr. Und doch schien etwas zu fehlen …

Wie es die Tradition verlangte, gingen Frau Buchecker und ihr Mann in die Kirche. Ihr Sohn weigerte sich – wie schon in den letzten vier Jahren.

Nach dem Gottesdienst setzte sich die Familie an den großen Esszimmertisch und speiste, wie es die Tradition verlangte, Kartoffelsalat und Würstchen.

Herr Buchecker legte eine CD mit weihnachtlichen Liedern auf, Frau Buchecker zündete die vier roten Kerzen auf dem Adventskranz an. Und nach dem Essen fand, wie es die Tradition verlangte, die Bescherung statt.

«Danke», sagte ihr Sohn, als Frau Buchecker ihm den Umschlag mit Geld überreichte. «Frohe Weihnachten.»

«Frohe Weihnachten, Liebes.» Herr Buchecker gab seiner Frau ein professionell verpacktes und mit einer goldenen Schleife und einem Engelchen versehenes Geschenk. Und ein zweites, auf dem der Werbeaufdruck der Buchhandlung prangte.

«Danke schön. Auch dir frohe Weihnachten.» Frau Buchecker holte die Krawatte in dem geschmackvollen dunkelroten Kästchen und das Buch – Nummer 18 auf der aktuellen Bestsellerliste – unter dem Weihnachtsbaum hervor. «Wenn es dir nicht gefällt, habe ich die Quittung noch, und wir können es umtauschen.»

Sie setzten sich, packten die Geschenke aus, und jeder bedankte sich ein weiteres Mal. Frau Buchecker wartete

noch einen Moment, bevor sie das Geschenkpapier auf-
sammelte, die guten Bögen glatt strich, faltete und in eine
Schublade legte. Die zerrissenen Verpackungen legte sie
neben die Kellertreppe zum Altpapier.

Herr Buchecker holte sich die Zeitung, die er noch
nicht gelesen hatte, und blätterte sie eilig durch. Ihr Sohn
suchte auf den bunten Tellern nach Marzipankartoffeln
und aß alle auf. Frau Buchecker setzte sich aufs Sofa und
legte die Beine hoch.

«Schau mal.» Herr Buchecker hielt seiner Ehefrau die
Zeitung hin. «Ein Bericht aus dem Tierheim. Zwei Kater
namens Max und Moritz suchen ein Zuhause.»

«Wie jedes Jahr. Beinahe eine Weihnachtstradition»,
antwortete sie, während sie nach ihrer Lesebrille suchte.
«Die hoffen wohl auf Spenden zur Weihnachtszeit.»

«Der arme Kerl hier hat wirklich ein trauriges Schicksal gehabt.» Herr Buchecker tippte mit dem Finger auf ein
Schwarz-Weiß-Bild von einem dicklichen grauen Kater,
der eher griesgrämig in die Kamera starrte. «Vielleicht
sollten wir ...?»

«Ach, mein Lieber, bitte keine Katze.» Seufzend legte
Frau Buchecker die Lesebrille zurück auf den Tisch. «Die
machen nur Schmutz. Und bringen tote Mäuse ins Haus.
Und fangen Singvögel.»

«Ich hab mir immer ein Haustier gewünscht», mischt-
te sich ihr Sohn ein, der die ganze Zeit SMS auf seinem
Smartphone geschrieben hatte. «Ein Hund wär mir zwar
lieber, aber eine Katze ist besser als nichts. Gib mal, bitte.»

«Du wohnst aber nicht mehr lange hier», erwiderte Frau Buchecker kopfschüttelnd. Warum hatte ihr Mann bloß davon anfangen müssen? «Willst du die Katze etwa mit zum Studieren nehmen?»

Ihr Sohn brummelte etwas, dann tippte er weiter auf sein Handy ein.

«Schalt bitte den Fernseher ein. Ich möchte die Weihnachtsansprache hören», sagte Herr Buchecker. Damit war das Thema Haustiere wieder vom Tisch.

Den ersten Weihnachtstag verbrachte Frau Buchecker in der Küche. Zwar gab es nur ein leichtes Mittagessen, doch das Abendessen erforderte ihre gesamte Zeit und Kochkunst – wie jedes Jahr. Kurz nach sechs versammelte sich die Familie zum Weihnachtsessen. Sieben Gänge tischte Frau Buchecker ihren Lieben auf. Vom Krabbencocktail über den Gänsebraten bis zur Mousse au Chocolat war ihr alles wunderbar gelungen. Nach einer gesprächslosen Viertelstunde erinnerten nur noch Soßen- und Rotkohlflecken auf der Tischdecke an die Pracht.

«Möchte jemand einen Espresso?», fragte Frau Buchecker, nachdem sie das Geschirr abgeräumt hatte. «Oder etwas Weihnachtspunsch?»

«Nee, danke. Bin verabredet.» Ihr Sohn sprang auf.

«War superlecker, aber ganz schön viel. Tschüs! Wartet nicht auf mich.»

«Soll ich dir helfen, Schatz?», fragte Herr Buchecker wie jedes Jahr und gähnte hinter vorgehaltener Hand.

«Nein, lass gut sein.» Frau Buchecker nickte ihm zu, wie jedes Jahr. «Das schaffe ich schon.»

Mit leichten Schritten ging sie in die Küche, während sie hörte, wie ihr Mann den Fernseher im Wohnzimmer anstellte. Sie lächelte. Es würde nicht lange dauern, bis er eingeschlafen war. Wie jedes Jahr.

Frau Buchecker spritzte etwas Spülmittel in den Gänsebräter und ließ heißes Wasser hineinlaufen, um ihn einzuweichen. Anschließend öffnete sie die Spülmaschine und räumte Teller, Besteck und Gläser hinein, nachdem sie alles kurz vorgespült hatte. Mit Hilfe eines Topfkratzers beseitigte sie die Fettreste aus dem Bräter. Während der Arbeit wanderten ihre Gedanken. Warum nur war sie dieses Weihnachten so unzufrieden? Das Essen war ihr ausnehmend gut gelungen, die Geschenke dienten der Zufriedenheit aller, aber in diesem Jahr wollte sich einfach keine Weihnachtsstimmung einstellen ...

Aus dem Wohnzimmer ertönten der Fernseher und das leise Schnarchen ihres Mannes. Frau Buchecker trocknete den Bräter ab, bevor sie ihn in die hinterste Ecke des Küchenschranks stellte, wo er ein weiteres Jahr auf seinen Einsatz warten würde. Sie schaute aus dem Küchenfenster. Endlich. Nun hatte es doch noch begonnen zu schneien.

Nachdem sie die Reste des Festessens in das Eisfach geräumt hatte, setzte sich Frau Buchecker einen Moment auf die Außentreppe und bewunderte ihren weihnachtlichen Garten, auf den leise der Schnee rieselte. Auch dieses Jahr überstrahlte der Lichterglanz ihres Baums den aller anderen. Aber trotzdem ... Tränen stiegen Frau Buchecker in die Augen. Rasch blinzelte sie die Traurigkeit weg und stand auf, um ins Haus zurückzugehen.

«Was suchst du?», fragte plötzlich eine Stimme scheinbar aus dem Nichts. «Warum heulst du?»

Überrascht hielt sie inne. «Ich heule nicht. Ich weine nur ein bisschen», antwortete Frau Buchecker. Sie schaute sich suchend um. Hatte es einen der Nachbarn ebenfalls in den ersten Schnee hinausgetrieben? Den Witwer von nebenan etwa, der seit dem Tod seiner Frau kaum noch mit jemandem sprach?

Doch sie entdeckte nur einen dicken grauen Kater, den jemand in ein Weihnachtsmannkostüm gezwängt hatte. Er beknabberte eines seiner vier Nikolausstiefelchen.

«Miez, Miez, Miez», lockte sie das Tier an, das ihr vage bekannt vorkam. «Na, du siehst ja niedlich aus.»

«Dämlich trifft es wohl eher!», schnaubte der Kater und schüttelte die Pfote, an der das Stiefelchen schlenkerte. «Ganz zu schweigen davon, dass ‹Miez› kaum die passende Anrede für mich ist.»

«Warst du das?» Ungläubig starrte Frau Buchecker den Graugetigerten an. Als Kind hatte sie geglaubt, dass Tiere an Weihnachten sprechen können, aber das war vierzig Jahre her. Zum Abendessen hatte sie sich nur ein

Glas Weihnachtspunsch gegönnt – daran konnte es also beim besten Willen nicht liegen. «Hast du mit mir gesprochen?»

«Sehen Sie sonst noch jemanden?», maulte der Kater. Frau Buchecker konnte ihn kaum verstehen, da er mit den Zähnen an dem Stiefelchen zerrte.

«Mit vollem Mund spricht man nicht», ermahnte sie ihn.

«Entschuldigung! Wenn man Sie in so törichte Klamotten zwänge, würden Sie auch versuchen, das Zeug so schnell wie möglich loszuwerden.» Mittlerweile hatte der Kater schon drei Pfoten befreit. Nun wurschtelte er sich das rote Mäntelchen mit der weißen Borte über den Kopf.

«Wer bist du? Warum kannst du sprechen?» Frau Buchecker strich sich über die Stirn. Sie fühlte eine Migräne aufsteigen. «Können Weihnachten wirklich alle Tiere reden?»

«Keine Ahnung.» Der Kater legte den Kopf schief, was wohl einem Schulterzucken entsprach. «Ich bin ein hart arbeitender Weihnachtsgeist in Katzengestalt, der am Heiligen Abend Weihnachtsfreude verbreitet. Aber nur, wenn Sie wollen! Wenn nicht, mach ich jetzt Feierabend.»

«Ein Weihnachtskater?», fragte Frau Buchecker mit piepsender Stimme. Hatte sie etwa zu viel Arrak in den Punsch gegeben? Sie spürte ein hysterisches Kichern in sich aufsteigen. «Weihnachtsfreude? Durch einen Kater?»

«Was dagegen?» Der Graue starrte sie aus seinen gelben Augen an. «Wir hätten Ihnen auch ein Reh schicken können oder einen Kobold, aber das erregt meist zu viel Aufsehen.»

Frau Buchecker nickte, als wäre es ganz normal, dass sprechende Kater weniger auffielen als Kobolde. Moment mal, Kobolde? Doch dann forderte ein anderer Gedanke ihre Aufmerksamkeit.

«Nur zu deiner Information, *Weihnachtskater*: Heiligabend war gestern», schnappte Frau Buchecker zurück. «Du bist glatt einen Tag zu spät.»

«Als ob ich das nicht wüsste. Auf dem Weg zu Ihnen wurde ich von einem kleinen Monster drei Häuser weiter gekidnappt. Glauben Sie etwa, ich habe freiwillig das blöde Kostüm angezogen?» In Erinnerung an das Erlebte kniff der Graue die Augen zusammen. «Erst heute konnte ich mich aus der Gewalt des Kindes befreien. Bekomme ich jetzt endlich eine Entscheidung?»

«Entschuldige, habe ich etwas verpasst?» Fragend musterte Frau Buchecker den Kater, der inzwischen alle Kostümteile ausgezogen und in ihren ordentlichen Garten geschleudert hatte. «Was für eine Entscheidung?»

«Ob ich Ihnen den Geist der Weihnacht nahebringen soll», seufzte der Kater theatralisch und zuckte nervös mit dem Schwanz. «Also nicht mich, sondern die *Idee* von Weihnachten.»

«Moment mal.» Frau Buchecker runzelte die Stirn. «Waren das in der Weihnachtsgeschichte von Charles Dickens nicht drei Geister: der Geist der vergangenen, der aktuellen und der zukünftigen Weihnacht?»

Sichtlich verlegen setzte der Grautiger sich hin und begann, sich mit der rechten Pfote das Gesicht zu putzen. Er befeuchtete mit seiner rosafarbenen Zunge die Pfote, bevor er diese ausgiebig hinter dem Ohr entlangzog. Und noch einmal. Und noch einmal.

Frau Buchecker beobachtete ihn und sagte kein Wort. Die Strategie, jemanden durch Schweigen zum Sprechen zu bringen, hatte sie in zwanzig Jahren Ehe und achtzehn Jahren Mutterschaft perfektioniert. Der Kater hatte keine Chance.

«Personalknappheit», flüsterte er schließlich, nachdem er auch wirklich jeden Zentimeter seines Kopfes gesäubert hatte. «Rationalisierungsmaßnahmen, Sie verstehen.»

«Personalknappheit?», echote Frau Buchecker. Nur mit Mühe konnte sie sich ein Grinsen verkneifen. «Bei Weihnachtsgeistern?»

«Alle müssen sparen.» Der Kater schaute angestrengt gen Himmel, als befände sich dort die Lösung aller Fragen. «Aber Sie wollen doch nicht mit mir über die Einsatzstrategien des Obersten Weihnachtswesens diskutieren?»

Oberstes Weihnachtswesen. Das wurde ja immer schöner. Frau Buchecker schüttelte den Kopf. Da erlaubte sich bestimmt einer ihrer Freunde einen Spaß mit ihr. Sie hätte wirklich gerne gewusst, wie derjenige es hinbekommen hatte, dass der Kater so lebensecht wirkte. Aber nun, dann wollte sie mal gute Miene zu dem albernen Spiel machen.

«Also, was ist? Wollen Sie dem Grundgedanken des

Festes nachspüren oder nicht?» Erneut zuckte der Kater mit dem Schwanz, was Frau Buchecker an ihren Sohn erinnerte, wenn er ungeduldig mit den Fingern trommelte.

«Was muss ich tun?» Falls es sich nicht um einen blöden Witz handelte, wollte Frau Buchecker doch lieber wissen, worauf sie sich einließ. «Willst du dafür meine Seele haben?»

«Wie kommen Sie denn auf solche Ideen?» Der Graue schüttelte sich so heftig, dass sein Bauch von einer Seite zur anderen wackelte. «Sie müssen nur mitkommen. Keiner wird merken, dass Sie weg waren.»

«Was habe ich schon zu verlieren?», seufzte Frau Buchecker und stand auf. «Warte bitte einen Moment. Ich muss mir nur etwas Passendes anziehen.»

Sie ging zurück ins Haus. Kurz überlegte sie, ob sie ihren Mann wecken und ihm alles erzählen sollte? Ach was, es würde sich schon eine Erklärung für den sprechenden Kater finden. Da musste sie ihren Gatten nicht behelligen.

Einige Minuten später kehrte sie zurück auf die Treppe, angekleidet mit Stiefeln, Jacke und Handschuhen. Schließlich konnte sie ja nicht wissen, ob der Graue sie nicht an den Nordpol führen würde.

«Da bin ich wieder. Bitte schön, für dich.» Mit der rechten Hand hielt sie ihm ein Stück Gans hin. Er stürzte sich mit einer Schnelligkeit darauf, die sie dem dicken Kerlchen gar nicht zugetraut hätte. Mit zwei Bissen war das Fleisch verschwunden.

«Danke schön. Sehr lecker.» Der Kater nickte ihr zu.

«Jetzt setzen Sie sich, entspannen sich – bitte – und schließen die Augen.»

Frau Buchecker überlegte noch, ob sie wirklich einem Tier ihr Weihnachtsfest anvertrauen wollte, als er bereits maunzte: «Sie können wieder gucken!»

Mit hochgezogenen Augenbrauen schaute Frau Buchecker sich um. «Wo sind wir?»

Sie saß immer noch auf einer Treppe, aber diese war aus Holz, nicht aus Beton wie die an ihrem Haus. Und das Haus, zu dem die Treppe führte, war nicht ihres, sondern eins, das sich an vielen Stellen noch im Bau befand. «Wo hast du mich hingebracht?»

«Nicht wohin, sondern in welche Zeit», antwortete der Kater. Mit hocherhobenem Kopf und steil in die Höhe gerecktem Schwanz stapfte er ihr voran durch den Schnee. Ab und zu blieb er stehen und schüttelte sich die Schneeflocken von den Pfoten. Frau Buchecker konnte sich seinen angeekelten Gesichtsausdruck gut vorstellen. Anscheinend schätzten auch Weihnachtsgeister in Katzengestalt Nässe nicht besonders. «Folgen Sie mir unauffällig», forderte er sie auf.

Frau Buchecker unterdrückte ein Lachen und ging dem Getigerten nach. Er führte sie zu einem Häuschen, das dringend einen Anstrich benötigte. Es war ihr Elternhaus, wie sie auf den zweiten Blick erkannte. So, wie es vor dreißig, nein, sogar vor vierzig Jahren ausgesehen hatte. Verwirrt rieb sie sich die Augen, schloss und öffnete sie wieder, schüttelte den Kopf. Aber das Haus blieb, wie es war, alt und irgendwie gemütlich. Bevor sie den Kater danach fragen konnte, hörte sie jemanden ihren Namen rufen.

«Sibylle, hey, Sibylle.»

Suchend schaute Frau Buchecker sich um. Kein Mensch war zu sehen; nur der alte Hund lag vor seiner Hütte. Sie lächelte. Als Kind hatte sie jedes Jahr am Heiligen Abend versucht, Waldmann ein paar Worte zu entlocken, doch er hatte beharrlich geschwiegen.

«Na, Waldmann, redest du dieses Jahr ausnahmsweise mit mir?», fragte sie lächelnd.

«Was hätte ich dir damals sagen können? Kinder brauchen keine Ratschläge, sie leben einfach.» Der alte Hund hob den Kopf und blinzelte ihr zu. «Du hingegen …»

«Was rätst du mir heute, du lebenserfahrener Hund?», fragte Frau Buchecker spöttisch.

«Erinnere dich.» Waldmann war wohl kein Hund vieler Worte. Er stand auf, riss das Maul zu einem Gähnen auf und streckte sich.

«Woran?» Inzwischen kam es Frau Buchecker nicht einmal mehr seltsam vor, dass sie sich mit einem Hund unterhielt, der zudem schon vor vielen Jahren in den Hundehimmel gegangen war.

«Warum wolltest du als Kind an Weihnachten mit mir sprechen? Was bedeutete Weihnachten damals für dich?»

Frau Buchecker überlegte eine Weile. Weihnachten, das hieß Schnee, Aufregung wegen der Geschenke, essen mit der Familie, gemeinsames Schmücken des Baums. Sie schluckte. Vielleicht war ihre Erinnerung an die früheren Weihnachten auch einfach nur verklärt.

«Geh ins Haus», sagte Waldmann, als hätte er ihre Gedanken gelesen. «Dort findest du Weihnachten.»

«Danke. Schön, dich noch einmal gesehen zu haben.» Frau Buchecker streichelte den Hund zum Abschied und wischte sich eine Träne aus den Augen. Dann drehte sie sich zum Kater um. Wie es die Tradition verlangte, hielt der Weihnachtsgeist einen Sicherheitsabstand zum Hund ein.

«Können wir weiter?», fragte er. «Oder haben Sie dem Kläffer noch mehr zu sagen?»

Als Frau Buchecker den Kopf schüttelte, führte der Kater sie ins Haus.

«Wird man uns nicht entdecken?», flüsterte Frau Buchecker ihm zu.

«Wir sind Geister. Nur Tiere erkennen uns», antwortete er. «Sie können ruhig näher hinsehen.»

Mit angehaltenem Atem und auf Zehenspitzen ging Frau Buchecker in Richtung der Stimmen, die aus dem Haus zu hören waren.

«Schreib meins auf. Bitte schreib meins auf», quengelte ein Mädchen. An der Stimme und ihrem Gebettel erkannte Frau Buchecker ihre jüngere Schwester. Immer hatte Bianca die Erste sein wollen.

In der kleinen, engen Stube angekommen, erblickte Frau Buchecker die Familie um den großen Esstisch sitzend. Die Kinder schrieben Briefe an den Weihnachtsmann. Mattis, ihr Bruder, streckte vor Anstrengung die

Zungenspitze hervor, während er mit Buntstiften eine Autorennbahn zeichnete.

«Nun, Sibylle, was wünschst du dir?» Die Mutter lächelte dem Kind zu.

Frau Buchecker schluckte.

«Ein Pony, wie jedes Jahr», flüsterte das Mädchen.

Frau Buchecker konnte nicht glauben, wie klein und zierlich sie einmal gewesen war. Und auf einmal erinnerte sie sich wieder: Als Kind hatte sie sich sehnlichst ein Haustier gewünscht. Am liebsten ein Pony, aber auch mit einer Katze wäre sie zufrieden gewesen. Waldmann hatte ihrem Vater gehört und draußen gelebt.

Tränen stiegen ihr in die Augen. Frau Buchecker blinzelte sie weg und schaute sich weiter um.

Ein kleiner Baum stand in einer Ecke. Er war etwas schief gewachsen, aber liebevoll mit roten Kugeln und silbernem Lametta dekoriert. Versteckt entdeckte Frau Buchecker das Plastikkrokodil, das ihr Bruder zwischen die Tannenzweige geschmuggelt hatte, so wie jedes Jahr.

Am großen Fenster, an dem sich Eisblumen bildeten, klebten wie jedes Jahr die Krippenbilder. Ein Weihnachten ohne die Krippenbilder wäre kein Weihnachten gewesen. Am ersten Advent holte ihr Vater sie immer vom Dachboden, und gemeinsam hängte die Familie die Figuren ins Fenster.

Frau Buchecker erinnerte sich wieder an den Nachmittag, an dem sie mit ihrer Mutter und den Geschwistern die Figuren aus fester Pappe ausgeschnitten und mit

Buntpapier beklebt hatte. Wie sehr sie die schlichten alten Bilder liebte. Sie spürte einen Kloß im Hals und schniefte.

Der Kater strich um ihre Beine, als wollte er sie trösten. Frau Buchecker lächelte ihm zu, dann richtete sie ihre Aufmerksamkeit wieder auf die Weihnachtsvorbereitungen. Sorgfältig falteten die Kinder ihre Wunschlisten zusammen. Die Mutter öffnete das Fenster und legte die Zettel auf die Fensterbank. Leise rieselte der Schnee herab und bedeckte das Papier.

«Mutti, bist du sicher, dass der Weihnachtsmann unsere Wünsche finden wird?», fragte Bianca, die Stimme voller Sorge.

«Er ist doch der Weihnachtsmann und kennt sich damit aus», antwortete ihre Mutter. «Nun kommt, lasst ihn seine Arbeit erledigen. Wenn ihr zuguckt, kommt der Weihnachtsmann nicht.» Damit scheuchte sie die Kinder in die Küche und schloss die Tür zum Esszimmer.

Zur Feier des Tages gab es gebratenes Brot, bestreut mit Zucker. Frau Buchecker stieg der Duft der schmelzenden Süße in die Nase. Nie wieder hatte etwas so lecker geschmeckt. Selbst die Mousse au Chocolat verblasste dagegen. Wie hatte sie das nur vergessen können? Wann hatte sie es das letzte Mal gegessen?

«Lecker. Können wir das Heiligabend wieder haben?», bettelte Mattis.

«Weihnachten gibt es Kartoffelsalat», gab Bianca kopfschüttelnd zurück und streckte ihrem Bruder heimlich die Zunge raus. «Wie jedes Jahr.»

Frau Buchecker lächelte, als ihr die Neckereien der Geschwister wieder einfielen. Heute schrieben sie sich zu Weihnachten eine Karte und riefen einander zu den Geburtstagen an.

«Wir können gebratenes Brot *und* Kartoffelsalat essen.» Die Mutter strich Mattis durch die Haare. Dann zwinkerte sie Bianca zu. «Lass bloß den Weihnachtsmann nicht sehen, was du eben gemacht hast.»

«Kann er das sehen?» Ganz bleich im Gesicht, schien das Mädchen den Tränen nah. «Bekomme ich jetzt nichts zu Weihnachten?»

«Ich denke, der Weihnachtsmann wird ein Auge zudrücken, wenn du die nächsten Tage besonders brav bist», sagte die Mutter und lächelte ihr beschwichtigend zu.

«Du könntest abtrocknen», mischte die kleine Sibylle sich ein. «Das freut den Weihnachtsmann bestimmt. Und ich muss es nicht machen.»

Ja, so musste Weihnachten sich anfühlen. Erneut blinzelte Frau Buchecker die Tränen zurück und wandte sich zum Kater um. Doch zu ihrer Überraschung stand sie wieder auf der Treppe ihres eigenen Heims.

«Danke schön. Wo geht es als Nächstes hin?», fragte sie den Kater. «Welches Weihnachten zeigst du mir noch?»

«Sorry, mehr ist nicht im Angebot.» Er kratzte sich mit einem Hinterbein am Ohr. «Jeder bekommt nur das schönste Fest zu sehen und muss dann selbst entscheiden, was er daraus macht.»

«Das kann nicht sein. Später muss es mindestens genauso schöne Weihnachten gegeben haben!», protestierte sie. «Mit meinem Mann und meinem Sohn!»

«War das wirklich so schön?», erkundigte sich der Graue mit schräggelegtem Kopf. «Verbinden Sie damit das gleiche Gefühl wie mit dieser Erinnerung?»

Frau Buchecker überlegte. Lange und gründlich. Sie erinnerte sich an die ersten Weihnachtsfeste mit ihrem Mann. Jedes Jahr waren die Schwiegereltern zu Besuch gekommen und hatten Gänsebraten und Geschenke erwartet. Jedes Jahr hatte sie versucht, das perfekte Fest zu organisieren, Jahrgänge von Frauenzeitschriften gewälzt und nur an die Menüfolge gedacht. Selbst als sie nur noch zu dritt waren, hatte sie das große Weihnachtsgeschehen beibehalten.

«Die Familie will es so!» Frau Buchecker schob die Unterlippe vor und schaute den Kater mit zusammengekniffenen Augen an.

«Sind Sie sicher?» Abgelenkt jagte der Kater einer besonders großen Schneeflocke hinterher, die er mit einem Pfotenhieb erwischte.

Frau Buchecker schwieg. Hatten ihr Mann und ihr Sohn je ein anerkennendes Wort für die Weihnachtsdekoration oder das Festmahl übriggehabt? Hätten sich die beiden wirklich beschwert, wenn es weniger gegeben hätte?

«Aber das gehört doch zu Weihnachten – geschmückte Gärten, Dekoration, Geschenke und ein edles Essen», verteidigte sie sich kleinlaut.

«Ach so!», erwiderte der Kater gelangweilt und zeigte beim Gähnen die Zähne.

«Was weißt du schon – du bist nur eine Katze!»

Der Weihnachtsgeist funkelte sie an. «Ich kann auch als Yeti erscheinen, wenn Ihnen das lieber ist.»

«Es tut mir leid.» Leise begann Frau Buchecker zu weinen. «Du … du hast wahrscheinlich recht. Ich habe alles falsch gemacht.»

«Warum krieg immer ich die Heulsusen?», seufzte der Graue. Tröstend strich er ihr erneut um die Beine. «Nun, nun, noch ist nicht alles verloren. Sie haben viele Weihnachten vor sich, an denen Sie es besser machen können.»

«Aber», schniefte Frau Buchecker, «warum bist du erst jetzt gekommen? Warum nicht schon vor Jahren?»

«Sie waren nicht bereit. Ein dumpfes Unbehagen ruft keinen Weihnachtsgeist herbei. Da muss man schon sehr, sehr unglücklich sein.» Mit diesen Worten löste sich der Kater in Nebel auf.

«Halt! Bitte bleib, was soll ich denn nun tun?» Erschüttert rannte sie dem Graugetigerten nach, dabei rutschte sie aus und purzelte die Treppe hinunter.

«Schatz, Schatz, wach auf!» Eine Hand rüttelte an ihrer Schulter. «Liebes, soll ich einen Krankenwagen rufen?»

Blinzelnd versuchte Frau Buchecker, sich aufzurichten. «Autsch!» Sie fasste sich an den Hinterkopf, wo sie eine dicke Beule ertastete.

Ihr Mann kniete vor ihr. «Du hast mir einen schönen Schrecken eingejagt.»

«Was war denn?»

«Du bist wohl auf der Treppe gestürzt. Ich hatte mich schon gewundert, wo du geblieben bist, zum Glück hab ich dich gefunden.»

Frau Buchecker schüttelte sich. Also war alles nur ein Traum gewesen?

«Komm mit ins Bett, Schatz.» Ihr Mann reichte ihr die Hand und zog sie hoch. «Schau, Liebes, es schneit!»

Sie blickte zum Himmel. Dicke weiße Flocken schwebten herab und legten sich auf den Kunstschnee. Und dort hinten blitzte etwas auf – ein Nikolausstiefelchen, gerade groß genug, dass es einem beleibten Kater passen könnte. Sie ging hin und hob das Stiefelchen auf.

«Morgen bleibt die Küche kalt», bestimmte sie. «Mittags gehen wir schön essen, nur wir beide.» Lächelnd drehte sie sich zu ihrem Mann um. «Und dann reden wir darüber, wie wir nächstes Jahr Weihnachten feiern wollen.»

«Gern. Wenn du meinst, Liebes», antwortete der und schaute sie verdutzt an. «Wenn es dich glücklich macht.»

«Und nach den Feiertagen fahren wir ins Tierheim.» Frau Buchecker zwinkerte ihrem Mann zu, der immer noch etwas verwirrt dreinblickte. «Da probieren wir dann, ob dem dicken grauen Kater das Nikolausstiefelchen passt.»

Niemand will uns haben

Seit Oktober saßen Max Kleinpfote und Moritz Fleck nun schon im Tierheim. Sie verstanden die Welt nicht mehr. Von einem Tag auf den anderen hatten sie ihr Zuhause verloren. Nun waren sie eingesperrt in einem Käfig, umgeben von anderen heimatlosen Katzen, inmitten des Geheuls und Gekläffs der Hunde draußen in den Zwingern.

«Du bist schuld», warf Max Kleinpfote, der schlanke schwarze Kater mit dem weißen Brustfleck und dem weißen Bauch, seinem Bruder vor und tigerte im Käfig auf und ab. «Weil du ihnen nicht um die Beine gestrichen bist.»

«Aber die Großen machen mir Angst», verteidigte sich Fleck. Die Menschen hatten ihn Moritz genannt, aber sein Bruder rief ihn immer noch beim Geburtsnamen. Der Kuh-Kater mit dem schwarzen Rücken und dem weißen Gesicht ließ die Schnurrhaare hängen. «Man weiß nie, ob sie streicheln oder schlagen.»

«Dir macht alles Angst.» Max tat so, als wollte er Fleck

mit der Vorderpfote die Krallen über die Nase ziehen, sodass sein Bruder aufjaulte und in seinem Häuschen verschwand. Max hätte Fleck lieber Verständnis entgegengebracht und ihn gelassen, wie er war. Aber es war eine harte Welt, und ein Kater musste stark sein, um zu überleben.

Das hatten sie schon als junge Kätzchen lernen müssen, als ungewollte und ungeliebte Babys. Flecks und Max' Mutter, eine Dame von edler Herkunft, war auf die Avancen eines Straßenkaters eingegangen, der sie eines Tages im Garten überrascht hatte. Die Besitzer waren nicht sehr begeistert gewesen, als ihre schöne Sissi Mutter von rasselosen Kindern wurde, und konnten die Ergebnisse des peinlichen Abenteuers gar nicht schnell genug loswerden. Die ersten Großen, die Kleinpfote und Fleck nehmen wollten, bekamen sogar noch den Korb dazu.

Max, wie ihn die Menschen nannten, erkannte schnell, was von ihm erwartet wurde. Er schnurrte, er schmeichelte, er jagte Wollfäden und Plastikmäusen hinterher, auch wenn er das für unter seiner Würde hielt. Fleck jedoch war verwirrt und ängstlich. Er spielte nicht mit den Großen, wie sie es wünschten. Also dachten sie sich ein neues Spiel aus. Tag für Tag machten sie sich einen Spaß daraus, Fleck Futter hinzuhalten, um es ihm wegzuziehen, wenn er seine Nase in den Napf steckte. Bald war er so verunsichert, dass er sich kaum noch bewegte, wenn ein Großer in der Nähe war.

Fleck fürchtete sich vor allem und jedem und verkroch sich am liebsten im Schatten seines älteren Bruders, selbst dann noch, als er zu einem gewaltigen Kater heranwuchs, der jeden Kampf hätte gewinnen können – wenn er nur hätte kämpfen wollen. Doch Fleck lief lieber davon und versteckte sich.

«Du bist so gemein», grollte Fleck aus der Sicherheit seines Verstecks heraus. «Du … du Kleinpfote.»

Max mochte seinen Katernamen überhaupt nicht. «Kleinpfote» passte seiner Meinung nach nicht zu einem vornehmen, schwarzen Kater mit – zugegeben – etwas schmalen Pfoten. Schmal, aber elegant. Daher hatte er sich für den Namen entschieden, den ihm die Großen gegeben hatten: Max. Kurz, wohlklingend, elegant. Fleck hatte sich den neuen Namen erst merken können, nachdem Max ihm dreimal die Nase zerkratzt hatte.

Einen Moment lang überlegte Max, ob er Fleck für seine frechen Widerworte büßen lassen sollte, aber dann schritt er lieber weiter an den Gittern auf und ab. Seit Tagen suchte er nach einer Lücke, einer Gelegenheit, dem Käfig zu entkommen. Wenn sich die Großen nicht für ihn interessierten, musste er sein Schicksal eben selbst in die Hand nehmen. Draußen wartete eine Welt voller Abenteuer, hatte ihm die Katze erzählt, neben deren Käfig sie die ersten Tage im Tierheim verbracht hatten. Von äußerst wohlschmeckenden Mäusen und Vögeln hatte sie gesprochen und von Freiheit.

«Ich muss niemandem schöntun», hatte sie mit rauer Stimme erklärt. «Ich gehöre nur mir allein.»

Was wohl aus ihr geworden war?

«Hier kommt keiner raus. Glaub mir, ich kenn mich aus», störte eine heisere Stimme aus dem Nachbarkäfig Max' Überlegungen. Ein dicker grauer Kater, dessen zerrissene Ohren von vielen Kämpfen zeugten, schlich näher an das Gitter heran.

Max zuckte mit den Ohren und drehte sich betont langsam um. Nur nicht anmerken lassen, dass ihn der Graue überrascht hatte.

«Wie lange bist du schon hier?», fragte er und näselte mit dem Grauen durch die Eisenstäbe. Erschreckt sprang er zurück, als der Dicke ihm plötzlich die Tatze über die Nase ziehen wollte.

«Schon ewig.» Der Graue versuchte erneut, Max mit der Pfote zu schlagen, aber der war schneller und wich erneut einen Schritt zurück. «Ich werd hier wohl sterben.»

«Wir nicht.» Max' Stimme klang zuversichtlicher, als er sich fühlte. Aber wenn er sich jetzt schon den Schneid abkaufen ließ, wer würde sich dann um Fleck kümmern? «Wir sind bestimmt bald wieder draußen.»

«Pah. Ihr seid zu groß und zu alt», versetzte der Graue und gähnte demonstrativ. «Die Menschen wollen nur niedliche, kleine Haustierchen. Alte wie du und dein Bruder und ich bleiben hier bis zum Tod.»

Max schluckte. Der Graue musste sich irren. Vielleicht interessierte sich niemand für *ihn*, aber Max war ein stattlicher Kater im besten Alter. Bestimmt würden Fleck und er hier nur ein paar Tage verbringen. Schließlich war es ihnen beim letzten Mal ja auch gelungen, neue Große für sich zu interessieren.

Am nächsten Nachmittag begann wieder der endlose Strom der Menschen, die an ihrem Käfig vorbeiflanierten, hineinschauten und achtlos über Max und Fleck redeten, als könnten diese nicht jedes Wort verstehen. Unfreundliche Bemerkungen mussten sie sich anhören, die Fleck noch mehr Angst einjagten und sogar Max in Sorge versetzten.

Nur die beiden Großen, die ihnen Futter brachten und immer wieder Zeit für eine Streicheleinheit für Max fanden, sprachen stets freundlich von jeder Katze. Max nannte sie die «Futter-Großen», um sie von den «Anguck-Großen» zu unterscheiden, die nachmittags kamen.

Heute stand eine ganze Familie vor dem Käfig. Ein kräftiges Männchen mit einem genauso kräftigen Weibchen und zwei lauten Jungtieren, die aussahen wie ihre Eltern in Miniatur. Auch bei den Großen gab es gute und schlechte Vererber, das hatte Max schon vor langem festgestellt, wenn seine Großen andere Männchen und Weibchen in ihrem Revier empfingen. «Besuch» nannten sie das. Warum man jemanden in sein Revier einladen sollte, hatte Max nie begriffen und war vor den fremden Großen geflohen.

«Wir suchen zwei Katzen. Nein, lieber noch Jungs.» Das

Männchen hatte eine dunkle Stimme, die Fleck in Panik flüchten ließ. Max dagegen hob den Kopf, stellte sich ans Gitter und bemühte sich nach Kräften, niedlich auszusehen. Aber er war wohl nicht niedlich genug. «Haben Sie nicht ein paar Hübsche?», fragte der Mann.

Gedankenlos gingen die Menschen weiter und ließen Max zurück, der deprimiert in sich zusammenfiel.

«Ich hab's dir ja gleich gesagt», ertönte Flecks Grollen aus der Tiefe seines Häuschens. «Lass uns hierbleiben. Das Futter ist gut, und die Großen lassen uns in Ruhe.»

«Mir reicht das nicht», murmelte Max. Er hätte es Fleck gegenüber nie zugegeben, aber er vermisste es, eigene Große zu haben. Große, die nur ihm gehörten – ihm und Fleck – und sich um sie kümmerten. Er vermisste den Auslauf in einem eigenen Zuhause und die Streicheleinheiten, die er niemals mit jemandem teilen musste, weil Fleck sie nicht mochte.

Darum pflegte Max sein elegantes schwarzes Fell, stellte sich jeden Tag wieder an die Käfiggitter und warf sich in die Brust, sobald er hörte, dass sich Besucher dem Katzenhaus näherten. Doch nur selten blieb jemand stehen und fragte nach ihm. Sobald die Futter-Große Max und Fleck vorstellte, winkten die Anguck-Großen ab.

Zu alt.

Zu groß.

Langweilige Farben.

Die fressen bestimmt zu viel.

Ach du je, zu zweit.

Und der Zweite lässt sich nicht streicheln.

Danke, nein.

Eine Zeitlang versuchte Max, seinen Bruder dazu zu überreden, wenigstens vor seinem Häuschen zu schlafen, damit die Anguck-Großen ihn sehen konnten. Doch Fleck blieb stur. Selbst die stärksten Drohungen konnten ihn nicht dazu bewegen, seinen sicheren Platz zu verlassen.

Nach einigen Wochen gab auch Max auf. Warum sollte er sich in Positur werfen, wenn die Besucher sich doch nur für Kitten oder Rassekatzen interessierten? Er verschlief alle Besuchstage und öffnete nicht einmal die Augen, wenn er riechen konnte, dass die Anguck-Großen direkt vor seiner Tür standen.

«Eigentlich wollten wir erst im neuen Jahr Katzen anschaffen, aber …»

Max blieb stur liegen, als sich wieder zwei Menschen seinem Käfig näherten. Bestimmt wollten die auch wieder nur etwas Kleines oder Rassetiere wie die beiden Perser nebenan, die zu fein waren, um mit Fleck und ihm zu reden. Dabei waren sie nicht einmal echte Perser, sondern Mischlinge.

«Hier haben wir zwei Angorakater.» Max zuckte mit dem linken Ohr, als er die Stimme erkannte. Sie gehörte zu der Großen, die ihnen Futter und hin und wieder Streicheleinheiten gab. Viel zu wenig, aber im Tierheim waren ja auch viel zu viele Bewohner. «Balou und Hugo sind Brüder. Sehr verträglich. Anfängerkatzen. Wir haben bereits Interessenten, Sie müssten sich schnell entscheiden.»

«Was sind das für welche?», erklang Flecks Miauen dumpf aus seiner Kiste. Seit Tagen kam er nur noch zum Fressen heraus, schlang das Futter in sich hinein und verschwand wieder im Dunkeln.

«Warum interessiert dich das auf einmal?», fragte Max zurück. Er machte einen Buckel und drehte sich zur Seite, um weiterzuschlafen. «Sie bleiben bei den Persern.»

Er hörte die Großen miteinander flüstern, verstand aber nur einzelne Worte. «Rassekatzen.» «Weihnachten.» «Anders besprochen.» Warum sie immer so lange brauchten, bis sie zu einer Entscheidung kamen!

«Das klingt jetzt vielleicht ein bisschen seltsam.» Die fremde Stimme klang zögernd. Höher als die erste, aber tiefer als die der Futter-Großen. Und angenehm, viel angenehmer als die der meisten Menschen. Max öffnete ein Auge. «Aber wir hatten eigentlich ... wir wollten ...»

Kurzes Schweigen. Wieder die tiefe Stimme.

«Wir suchen Katzen, die sonst keiner will», erklärte das Männchen und lachte entschuldigend. «Farbe und Aussehen sind uns egal. Nur Wohnungskater müssen es sein.»

Max spürte, wie sein Herz schneller schlug. Er hatte sich wohl verhört. Niemals würden die Großen jemanden wie Moritz und ihn nehmen. Nicht, wenn sie die Perser haben konnten, die jetzt niedlich am Gitter standen, ihre buschigen Schwänze hochgereckt, die runden Augen aufgerissen, um größer und anziehender zu wirken. Von denen konnte man wirklich lernen, wie man sich verkaufte.

Max hätte ihnen am liebsten seine langen Krallen über die Stupsnasen gezogen.

«Also …» Warum klang die Futter-Große bloß so vorsichtig? Hier waren Moritz und er, auf der Suche nach einem Zuhause. Genau die Kater, die die Anguck-Großen wollten: älter, chancenlos und mit einer Wohnung zufrieden. Entgegen allen seinen Vorsätzen sprang Max auf, rannte ans Gitter und versuchte, bezaubernd zu wirken. Weit riss er die Augen auf, zog den Bauch ein und stellte sich auf die Zehenspitzen.

«Fleck, komm. Schnell!», rief er seinen Bruder zu sich. «Die suchen Kater wie uns.»

«Sie werden uns nicht wollen. Niemand will uns», knurrte Fleck, drehte sich in der Kiste herum und zeigte Max und der Welt seinen Hintern. «Sie nehmen die Perser.»

«Verflucht, Fleck. Komm sofort her!» Aufgeregt trippelte Max von einem Bein aufs andere. Was sollte er nur tun? Sollte er weiter versuchen, die Großen auf sich aufmerksam zu machen, oder lieber seinen Bruder mit allen Mitteln aus dem Versteck jagen? Das Schicksal nahm ihm die Entscheidung ab.

«Hier sind Max und Moritz.» Die Futter-Große trat mit den zwei Besuchern an den Käfig. Max trippelte immer noch vor Aufregung von einer Pfote auf die andere und streckte Kopf und Schwanz in die Höhe, um elegant und schlank zu wirken. Menschen mochten das. «Die beiden sind schon zum zweiten Mal bei uns. Ihr Besitzer ist gestorben, und jetzt warten sie seit Oktober …»

«Wo ist der Zweite?», unterbrach die Anguck-Große die Pflegerin. Sie trat an den Käfig und spähte hinein. Max sog die Luft ein. Ihr Geruch war so angenehm wie ihre Stimme. «Ist er auch schwarz?»

Max wollte zu ihr laufen, sich an die Gitter schmiegen und schnurren, aber vor Aufregung brachte er keinen Ton heraus, und seine Beine versagten ihm den Dienst. Er konnte nur ein zaghaftes «Miep» von sich geben, das die Großen sicher nicht hörten.

«Moritz ist etwas schüchtern. Aber wenn er sich erst einmal an Sie gewöhnt hat ...», meinte die Futter-Große, und die Besucher nickten. «Ein Traumkater. Ganz bestimmt.»

Wieder einmal wunderte sich Max, wie wenig die Großen in der Lage waren, eine Lüge zu riechen, selbst wenn sie so offensichtlich war wie diese.

«Miargh», grollte Fleck, als wollte er die Flunkerei der Futter-Großen entlarven. «Ich will mich an niemanden gewöhnen. Nicht schon wieder.»

«Willst du etwa für immer hierbleiben?» Erneut trippelte Max nervös auf und ab, hätte seinem dummen Bruder am liebsten die Nase blutig gedroschen. Aber dann würden die Großen ihn sicher nicht nehmen. So wenig er deren Denken und Handeln nachvollziehen konnte, ein paar Grundlagen hatte er schon verstanden. Große mochten es nicht, wenn man Streit hatte. Sie mochten es nicht, wenn man sein Revier markierte, wenn man vor ihnen davonlief und wenn man nicht dankbar war, was immer das auch sein sollte.

«Fleck, bitte», verlegte Max sich daher aufs Betteln. Er schlich zu seinem Bruder und versuchte, dabei freundlich und liebenswert auszusehen und die Besucher im Blick zu behalten.

«Ist der Kater krank?», fragte die Anguck-Große. Max blieb stehen und schaute zu ihr auf. Inzwischen konnte er die Mimik der haarlosen Gesichter gut interpretieren. Das hatte er bei dem ersten Großen gelernt, der mit Schlüsseln nach ihm geworfen hatte. Das Weibchen wirkte besorgt und etwas unschlüssig. «Er geht so komisch.»

Max blieb stehen und zog den Bauch noch weiter ein. Obwohl er große Stücke auf sich hielt, konnte er ein leichtes Hängen der Muskulatur nicht verbergen. Etwas, was Menschen ebenfalls nicht mochten, «fetter Kater» war ein Schimpfwort für sie.

«Vielleicht sollten wir doch bis nach Weihnachten warten», mischte sich das Männchen ein. «Eigentlich wollte ich einen roten Kater, wie Garfield.» Er stand vor dem Gitter und blickte Max an.

Max schaute zurück, ohne zu blinzeln. «Such mich aus! Such mich aus! Such mich aus!», versuchte er, den Großen zu beeinflussen, doch der war zu stumpf, um Max' Gedanken lesen zu können.

Also doch. Alle wollten rote Katzen oder junge Katzen oder welche von edler Herkunft. Max seufzte, drehte sich um und versteckte sich in der Höhle des Kratzbaums.

«Hab's dir ja gleich gesagt. Wir werden hier sterben», grummelte Fleck.

Nach der Enttäuschung war Max zu traurig, um seinem Bruder zu antworten. Warum nur hatten ihm die Großen erst Hoffnung gemacht, um ihn dann stehenzulassen, nur weil er die falsche Farbe hatte? Dachten sie nie darüber nach, wie verletzend ihre Worte waren?

«Ja, vielleicht erst nach Weihnachten», sagte das Weibchen traurig. Sie stand immer noch am Gitter und schaute in den Käfig. Max verstand das nicht. Wie konnte jemand unglücklich sein, der darüber entscheiden durfte, wer ein Zuhause bekam und wer nicht? «Was sagten Sie, wie lange die beiden schon hier sind?»

«Ein Vierteljahr.» Die Stimme der Futter-Großen klang so hoffnungslos, wie Max sich fühlte. «Alte Kater lassen sich schlecht vermitteln.»

«Dürfen wir ihn mal streicheln?», fragte das Männchen. Er wirkte so unschlüssig wie Fleck, wenn er Essen roch, aber ein Mensch neben seinem Fressnapf stand. «Vielleicht mag er uns ja nicht.»

Nein, ich mag dich nicht, dachte Max. Du möchtest lieber einen roten Kater. Vorher wäre ich nett zu dir gewesen, jetzt will ich nicht mehr mit zu dir nach Hause. Er begann, sich demonstrativ zu putzen. Selbst als die Käfigtür sich knarrend öffnete, zuckte er nicht einmal mit einem Ohr. Er putzte sich und putzte, als hinge sein Leben davon ab.

«Was machen sie? Was machen sie?», fragte Fleck, die Stimme schrill vor Panik. «Kommen sie näher? Sag schon!»

«Mieze, komm», lockte die Große vorsichtig. Sie hatte sich in die Mitte des Käfigs gesetzt. Max' Zunge glitt in die Zwischenräume seiner Pfote, als wäre er stundenlang durch Dreck gelaufen, den er nun schnell wieder loswerden musste. Dieses «Mieze, komm» hatte er noch nie leiden können.

«Schade, er mag uns nicht», gab das Weibchen auf.

«Versuchen Sie es hiermit.» Die Futter-Große reichte ihr eine Schale. Max schnupperte, und das Wasser lief ihm im Maul zusammen. Schinken! Aber nein. Nicht einmal für Schinken würde er nett zu Menschen sein, die sich eine Katze nach der Farbe des Pelzes aussuchten.

«Wir überlegen es uns.» Die Große sah Max an, aber der machte sich nicht die Mühe zurückzuschauen. Wenn die Großen solche Worte benutzten, hieß das nur, dass sie sich für jemand anders entscheiden würden. Während sich die Besucher entfernten, konnte Max nicht umhin, einzelne Worte zu verstehen. «Besser im neuen Jahr» … «lieber einen Roten» … «einen noch nicht gesehen» …

«Du hättest wenigstens rauskommen können», fauchte er Fleck an, der nun endlich den Kopf aus seinem Käfig steckte.

«Sind sie weg?», fragte Fleck und drehte die Ohren vor und zurück, sein Rückenfell gesträubt. «Sind wir wieder allein?»

«So allein, wie man hier sein kann.» Max bemühte sich, seine Wut nicht am Bruder auszulassen, auch wenn der keine Hilfe gewesen war. «Wir werden hierbleiben. Für immer.»

Auf einmal schwoll das Kläffen und Jaulen der Hunde

an. Also war die Tageszeit, zu der die Menschen mit ihnen durch die Wälder gehen wollten. Auch das hatte Max noch nie verstanden.

«Nimm mich mit, bitte. Ich bin ein Braver, ehrlich!», jaulten und kläfften und knurrten die Hunde.

«Was für Anbiederer!» Fleck war nun ganz aus der Höhle gekommen und streckte sich. «Als ob jemand die nehmen würde.»

Einen Tag später herrschte große Aufregung. Jemand kam, den die Futter-Großen «Journalist» nannten. Er schaute sich Max und Fleck lange an und blieb schließlich vor dem Käfig des Grauen stehen.

«Der arme Kerl ist schon seit mehr als zwei Jahren bei Ihnen?», fragte der Journalist. «Warum denn? Er ist doch ganz hübsch.»

Max stellte sich ans Gitter und lauschte.

«Na ja», erwiderte die Futter-Große zögernd. «Unser Grauer ist eine Katzenpersönlichkeit. Das muss man mögen.»

«Genau das Richtige zu Weihnachten.» Dann holte der Journalist etwas Seltsames aus seiner Tasche. «Können Sie ihn für ein Foto festhalten? Wenn er in der Zeitung ist, findet er bestimmt ein Zuhause.»

«Mierp! Mierp», quietschte Max. Auch wenn er nicht wusste, was eine Zeitung war, hätte er doch alles getan, um dorthinein zu kommen und so ein neues Zuhause zu finden.

Aber das Männchen verstand ihn nicht.

«Vielleicht können Sie auch über Max und Moritz schreiben», schlug die Pflegerin vor und strich Max mit einem Finger über den Kopf. «Die beiden haben ihr Zuhause verloren und leiden sehr.»

«Hmhm», brummelte der Journalist nur, und Max' Herz wurde schwer. Also würden Fleck und er wohl nicht in die Zeitung kommen.

«Haben Sie nur die beiden?», hörte Max einen Tag später eine Große fragen.

Er öffnete ein Auge, um sie kritisch zu mustern. Nicht weil es ihn interessierte, aber heute war ihm langweilig. Er schloss das Auge wieder. Für ihn sahen die Menschen einer aus wie der andere. Hässlich waren sie, so felllos. Bestimmt waren sie krank. Aber dennoch hatten sie die Macht, darüber zu entscheiden, wo Fleck und er lebten, was sie zu essen bekamen und ob sie Schmerzen erleiden mussten oder nicht.

Die neuen Besucher standen neben der Futter-Großen

vor dem Käfig und schauten hinein. Max meinte, den Ausdruck ihrer felllosen Gesichter deuten zu können: Skepsis und Enttäuschung. Genau wie bei ihm – nur dass die Großen das nie verstanden.

«Nein. Wir haben gestern einen Norwegischen Waldkater und eine Perserkatze bekommen», erzählte die Pflegerin, während sie sich von Max' und Flecks Käfig abwandte. «Sie sind noch in Quarantäne. Wenn Sie mitkommen wollen?»

Max schloss das Auge wieder. Norwegischer Waldkater. Viel Fell, eleganter Kragen, Rasse. Da konnte selbst Max' gepflegter schwarzer Pelz nicht mithalten. Knuddelige Perserkatzen. Dagegen würde Fleck niemals ankommen, egal wie hübsch seine Zeichnung war. Max legte den Kopf auf die Vorderpfoten und versuchte, sich eine bessere Welt zu erträumen, in der die Großen nicht nur Rassekatzen oder Babys liebten.

«Musch, Musch, Musch», ertönte es vor dem Gitter. Max zuckte mit einem Ohr. Wer hatte den Großen nur gesagt, dass «Musch, Musch» eine angemessene Ansprache für Katzen sei? Max gähnte demonstrativ und blinzelte dabei, um herauszufinden, wer dort vor seiner Tür stand. Einer der neuen Besucher. Warum war er nicht mit den anderen zu den Rassekatern gegangen? «Musch, Musch. Na komm.»

«Was ist los? Wollen sie uns töten?», fragte Fleck aus der Sicherheit seines Korbs heraus. Er klang immer noch wie ein verängstigtes Jungtier. Je länger sie an diesem Ort zubrachten, desto panischer wurde er. Mittlerweile zuckte er beim kleinsten Geräusch zusammen, kam er nur noch im Dunkeln aus seinem Korb, schlang schnell das Futter in sich hinein und verrichtete so eilig sein Geschäft, dass die Hälfte neben den Sand geriet und der Käfig stank.

«Sie töten niemanden.» Max bemühte sich, nicht zu genervt zu klingen. Aber wenn man zwölfmal am Tag seinem Bruder versichern musste, dass er nicht ermordet würde, ging das selbst bei einem kräftigen Kater wie ihm an die Substanz. Inzwischen hatte Flecks Verzweiflung begonnen, auf Max abzufärben, der nun ebenfalls zusammenfuhr, wenn sich etwas in der Routine seiner Tage änderte. So wie zum Beispiel der Besuch dieses Großen, der immer noch mit leiser Stimme auf ihn einsprach. Gerade als Max ihn mit einem Blinzeln belohnen wollte, hörte er Schritte.

«Warum wolltest du dir den Norweger nicht ansehen?» Aha, die Große war also wieder da. «Eine wirklich schöne Katze.»

«Also …», flüsterte der Große, sodass Max die Ohren aufstellen musste, um jedes Wort zu verstehen, «… ich mag ja Schwarze ganz gern.»

«Ich weiß.»

Nun öffnete Max doch die Augen und schaute sich die beiden an. Sie standen sich gegenüber und schienen gerade einen Revierkampf auszutragen. Ähnlich wie Max' und Flecks erste Besitzer, deren Revierstreitigkeiten immer lauter und lauter geworden waren, bis die Kater schließlich hier gelandet waren.

«Aber der Kater guckt uns nicht mal an.»

«Er hat bestimmt nur Angst», antwortete der Große. Max erhob sich, machte einen Buckel und drehte den beiden demonstrativ sein Hinterteil zu. Angst. Pah. War er etwa Fleck, der sich vor seinem eigenen Schatten fürchtete?

«Wenn Sie wollen, können Sie gerne hinein», bot die Futter-Große an.

«Ach, danke, ich hätte lieber den Waldkater.» Die Besucherin schüttelte den Kopf. «Der Schwarze kann uns ja überhaupt nicht leiden.»

Max gähnte demonstrativ. Ja, er konnte sie nicht leiden. Sollte sie doch mit dem Norweger glücklich werden.

«Entschuldigung.» Die Stimme kam Max vage bekannt vor, aber bei den vielen Großen, die hier tagein, tagaus an ihm vorbeizogen, konnte er sich nicht sicher sein. Er hielt die Augen geschlossen und tat, als schliefe er. «Ich weiß, dass Heiligabend ist, aber … ich will meinen Mann überraschen.»

«Wenn Sie die beiden Sorgenkinder mitnehmen, macht das gar nichts. Ich hole eine Kollegin, damit wir die Kater umsiedeln können.» Was meinte die Futter-Große mit «Sorgenkindern», und warum hörte sie sich so fröhlich an?

46

«Hallo, Kater», hörte Max die Stimme nun vor seinem Käfig.

Er stand auf, reckte sich und ging betont gelangweilt auf die Große zu.

«Max ist ein blöder Name für eine Katze, oder? So heißen Pferde.» Das Weibchen ging in die Knie und steckte einen Finger durch die Gitterstäbe.

Max schaute sie durchdringend an. Sie starrte zurück. Er starrte intensiver. Sie blinzelte.

«Max geht gar nicht. Vielleicht Holmes und Watson. Oder Hoss und Little Joe.» Ein Lächeln lag in ihrer Stimme. Sie beugte sich zu Max herunter. «Na, erkennst du mich wieder?»

Ja, wollte Max rufen. Ja! Aber wieder ließ ihn seine dumme Stimme im Stich. Vor Aufregung brachte er nicht einmal ein Schnurren zustande.

«Ich will nicht mit ihnen mitgehen. Ich will hierbleiben!», grollte Fleck laut und böse.

Max wusste, dass sein Bruder sich nur fürchtete, aber trotzdem hätte er ihn jetzt am liebsten wie das Spielzeug geschüttelt, das er so gerne in die Luft schleuderte und wieder auffing. Fleck durfte ihnen nicht ihre einzige Chance rauben.

«Wenn du nicht sofort rauskommst und freundlich bist, dann ... dann ...» Max überlegte fieberhaft, womit er seinem Bruder so viel Angst einjagen könnte, dass er seine Furcht vor den Großen überwand. «Dann lecke ich dir nie wieder den Kopf sauber!»

«Ist mir egal.» Fleck verkroch sich noch tiefer in seinem Korb und drückte sich an den Boden, die Ohren flach an den Kopf gepresst, die Pupillen riesig.

Max hätte sich beißen können. Er hatte sich keine Gedanken über Fleck und dessen Wünsche gemacht, dabei wusste er doch, wie schnell sein Bruder sich in seine Panik hineinsteigerte und dann vernünftigen Worten nicht mehr zugänglich war.

«Fle-eck!» Max leckte seine Pfote sauber und zog sie wieder und wieder über das Ohr, als könnte er mit der Geste seinen Bruder zur Vernunft bringen. «Bitte.»

«Nein!» Sonst gab Fleck jeder Bitte von Max sofort nach. Nur heute nicht. Gerade dann, wenn es um ihr Leben ging.

Max schnaubte empört. «Ich bin der Ältere. Du musst machen, was ich sage.»

«Muss ich nicht.» Fleck fuhr seine Krallen aus und bohrte sie tief in den Stoff seiner Kiste. «Niemand bekommt mich hier raus.»

«Komm her, Max.» Plötzlich stand die Futter-Große vor ihm, ein Tuch in der Hand und einen Transportkorb, so ein Ding, mit dem man ihn zu der Großen fuhr, bei der es komisch roch und die einen ständig pikste. Überrascht und zornig über Flecks Verrat sprang Max auf und wollte weglaufen. Doch die Pflegerin war schneller und stopfte ihn in den Transporter, bevor er überhaupt die Krallen ausfahren konnte.

«Ich weiß, du magst den Transportkorb nicht. Aber es geht leider nicht anders.»

«Das war ja einfach.» Die Fremde schaute zu Max hinab durch das Gitter. «Bald hast du ein neues Zuhause, mein Schöner.»

Wieder konnte Max nicht antworten. Er hätte nie gedacht, dass man vor Glück wie gelähmt sein konnte, dass man vor Freude unfähig war zu maunzen. Das letzte Mal hatte er sich so selig gefühlt, als er noch ein Baby gewesen war und seine Mutter ihn vom Kopf bis zur Schwanzspitze geputzt hatte.

«Moritz will nicht rauskommen.» Die Pflegerin schüttelte Flecks Korb. Aus dem Inneren hörte man es grollen, und Max ahnte, wie sehr sein Bruder sich mit Pfoten und Krallen dagegen wehrte, in den Transporter gesteckt zu werden. Fleck war ängstlich und schüchtern, aber wenn er einen Entschluss gefasst hatte, dann kämpfte er wie ein Löwe.

«Fleck, bitte!», flehte Max und hoffte, dass sein Bruder ihn genug liebte, um dieses eine Mal nachzugeben.

«Nein!» So viel Furcht lag in Flecks Stimme, dass Max es ebenfalls mit der Angst zu tun bekam. Er rüttelte am Gitter, um zu seinem Bruder zu kommen. «Nein!!», schrie Fleck erneut.

«Wenn er so gar nicht will, dann soll es eben nicht sein», sagte die Große traurig, aber bestimmt. «Bitte. Ich möchte Moritz nicht in Panik versetzen.»

«Einen Moment noch. Das klappt schon», erwiderte die Futter-Große entschlossen.

Max sprang in seinem Transporter hin und her. Zu viele Empfindungen stürmten auf ihn ein. Er konnte keinen klaren Gedanken fassen, wusste nicht mehr, was er tun sollte, was das Beste für Fleck und ihn wäre.

Die Tierpflegerin schüttelte so gewaltig an der Kiste, dass Fleck den Halt verlor und herausfiel. Schneller, als Max ihn je hatte laufen sehen, sprang er durch den Käfig, krallte sich an die Gitter, das Fell gesträubt, die Augen schwarz vor Angst.

«Mein Güte, ist der riesig», flüsterte das Weibchen.

Max' Herz schlug so schnell, als hätte er gerade zehn Fliegen gejagt. Hilflos presste er sein Gesicht an die Stäbe des Transporters und flehte Fleck an, nachzugeben. Doch sein Bruder war keinem Argument mehr zugänglich. Ein riesiges zitterndes Bündel aus Panik und Fluchtgedanken, sprang er wild durch den Käfig und schrie dabei herzzerreißend, sobald sich die Futter-Große ihm näherte.

«Bitte, lassen Sie das arme Tier. Das ist ja nicht zum Aushalten.» Die Besucherin wirkte beinahe so panisch wie Fleck. «Wenn er absolut nicht will …»

«Moritz hat nur Angst. Am besten gehen Sie kurz weg.»

Max konnte die Pflegerin nur für ihren Glauben daran bewundern, dass sein Bruder sich fangen lassen würde. Bis er die Schritte hörte. Es war die zweite Futter-Große, ein mächtiges schnelles Wesen. Bevor Fleck reagieren konnte, hatte sie ihn am Nackenfell gepackt.

«So, mein Freund», sagte sie mit ihrer tiefen Stimme. «Du wirst Weihnachten nicht hier feiern.»

Obwohl Fleck alle viere von sich streckte und mit jedem denkbaren Mittel dagegen ankämpfte, gelang es den beiden Pflegerinnen irgendwie, ihn in den Transporter zu bugsieren. Aber nicht ohne einen Preis dafür zu zahlen. Blut lief am Arm der einen herunter, wo Flecks Krallen sie getroffen hatten.

«Bitte schön.» Endlich konnte eine der Futter-Großen Flecks Transporter überreichen. Allerdings klang sie nicht sehr hoffnungsvoll. «Machen Sie sich keine Sorgen. Wenn er sich eingewöhnt hat, wird er ein Schmuser.»

Fleck fauchte und grollte und knurrte und warf sich mit aller Kraft gegen die Wände der Transportbox. Max schloss die Augen. Selbst die gutwilligsten Menschen würden so jemanden wie ihn nicht behalten. Da war er sicher. Und er selbst? Er würde seinen Bruder niemals allein seinem Schicksal überlassen, egal, wie sehr er sich über ihn ärgerte. «Du trägst die Verantwortung für Fleck», hatte seine Mutter ihm mit auf den Lebensweg gegeben. «Er ist nicht klug genug, um allein zu überleben.»

«Na ja, wir wollten ja schwierige Kandidaten.» Die Stimme der Besucherin zitterte nur ein bisschen. «Aber der Weiße will ja so gar nicht mit.»

«Er hat bestimmt schlechte Erfahrungen gemacht, der Arme», beschwichtigte die Futter-Große, obwohl Fleck sich gerade einem ohrenbetäubenden Crescendo näherte.

Max wollte seinen Ohren nicht trauen. Das konnte nicht sein. Sie würden ihn und Fleck doch nicht trotz dieses ganzen Theaters nehmen, oder? Schließlich gab es hier so viele von ihnen. Rassekatzen. Kitten. Kater, die klüger und mutiger waren als Fleck. Katzen, die die Großen umschmeichelten und alles gaben, damit sie ein Zuhause fanden. Wer würde sich schon die Mühe machen und versuchen, den verängstigten Kater hinter Flecks Grollen und Knurren kennenzulernen?

«Ich weiß, das klingt blöd ... aber falls es gar nicht funktioniert mit uns?», fragte die Anguck-Große zaghaft. Max spürte, dass ihre Hand bebte, mit der sie seine Kiste hielt.

«Das wird schon. Machen Sie sich keine Sorgen», antwortete die Futter-Große. «Fröhliche Weihnachten.»

«Fröhliche Weihnachten. Und danke.»

Das Weibchen, in deren zitternden Händen die Transportkörbe hin und her schwangen, brachte Max und Fleck zu einem der großen, lauten Dinger, die furchtbar stanken und viele Kater und Katzen töteten, wie der Graue erzählt hatte. Sie stellte die Körbe hinein und fuhr los.

Max zischte Fleck zu, er sollte ihnen ja nichts mehr verderben. Aber Fleck antwortete nicht. Er grollte und knurrte und grollte ohne jeden Sinn.

«Ist schon gut, Moritz. Wir sind ja bald da.» Die Große bemühte sich redlich, zuversichtlich zu klingen, aber Max hörte die Angstschwingungen in ihrem Ton. «Hoffentlich habe ich keinen Fehler gemacht.»

Endlich hörte das Ding auf zu schaukeln, brummen und zu dröhnen. Max, der vor Aufregung schwer durch den aufgerissenen Mund atmete, schloss erleichtert die Augen.

«Einen Moment müsst ihr euch noch gedulden, Jungs»,
sagte die Große. Damit ließ sie Max und Fleck in den
Körben zurück.

«Wir werden verhungern», kreischte Fleck. «Wir werden sterben!»

«Ach, jetzt halt die Klappe.» Max gelang es einfach
nicht mehr, Geduld mit seinem Bruder aufzubringen.

«Halt du doch die Klappe! Wenn du nicht so schön-
getan hättest, könnten wir noch zu Hause sein», fauchte
Fleck.

«Das war kein Zuhause!» Max schlug mit der Pfote
durch die Gitter des Transportkorbs, obwohl er wusste,
dass er Fleck nicht erwischen würde. «Wann kapierst du
das endlich?»

Doch Flecks Antwort ging unter, da sich in diesem
Moment die Tür öffnete und die Große die Transportkörbe samt Katern aus dem Ding herausholte.

«Fröhliche Weihnachten. Du kannst jetzt die Augen
aufmachen.»

«Du … du … ich glaub's nicht!» Max erkannte die Stimme. Sie gehörte zu dem netten Männchen. «Du hast wirklich die beiden Kater aus dem Tierheim geholt?»

«Komm, lass uns ihnen die Wohnung zeigen. Übrigens,
der Unsichtbare ist schwarz-weiß und riesig und hat die
ganze Fahrt über gegrollt. Den Käfig mache *ich* nicht auf.»

Wieder wurde Max hochgehoben und geschaukelt.
Endlich, endlich öffnete sich die Tür zu seinem Transportkorb, und er schoss heraus, so schnell ihn die Pfoten

trugen. Neben sich sah er Fleck wie einen schwarz-weißen Pfeil davonjagen.

«Ach du je, sie sind hinter dem Weihnachtsbaum. Da kriegen wir sie heute bestimmt nicht mehr raus.» Das Weibchen stieß einen Seufzer aus. «Ich stelle ihnen Futter und Wasser hin.»

«Herzlich willkommen zu Hause, Männer, und frohe Weihnachten», flüsterte der Große. Er kniete unter dem struppigen grünen Ding und schaute Max an. «Lasst euch Zeit mit dem Ankommen.»

Max schaute zurück.

«Fröhliche Weihnachten», miaute er. Zu Hause. Endlich zu Hause.

Weihnachten mit Dackel

Miörff! Oh, klasse! Meins! Alles meins! Ich kenne die Kiste. Vom letzten Jahr. So viel Kraschelpapier gönnt sie mir sonst nie. Und die runden bunten Dinger, die ich so toll in die Ecken schieße und in denen ich mich spiegeln kann. Alles für mich. Miörgh!

«Wir machen es uns richtig schön, Maunz!» Auf Zehenspitzen balanciert Iris auf der Sessellehne, um den zweiten Weihnachtskarton vom Schrank zu heben. Im ersten sitzt Maunz und spielt mit dem Geschenkpapier und den Weihnachtskugeln.

Der weiß-grau getigerte Kater antwortet ihr mit einem lauten «Mack».

Iris schaut nach unten. Maunz ist aus der Kiste gesprungen und blickt aufmerksam zu ihr hoch. Nicht, weil er sich für ihre Worte interessiert, sondern weil er auf etwas zu essen hofft, das ist ihr klar. Der Kater legt den runden Kopf schief und reißt seine großen Augen noch ein bisschen weiter auf. Sein bester Bettelblick, der bei Iris immer funktioniert. Obwohl die Tierärztin sie bei jedem Besuch vorwurfsvoll anschaut.

«Dicke Katzen sind unglückliche Katzen», sagt sie jedes Mal. Iris spart es sich, zu antworten, dass ein hungriger Maunz nicht nur unglücklich, sondern auch unglaublich laut ist. Sie hat schon oft versucht, ihm weniger zu fressen zu geben, und es schnell wieder aufgegeben.

«Du könntest wenigstens deinen Bauch einziehen, wenn du hier einen auf unterernährt machst.» Iris schüttelt den Kopf, aber sie muss trotzdem lachen. Schicksalsergeben stellt sie den Karton ab und geht in die Küche, um dem Kater von seinen Lieblingsleckereien zu geben. Schließlich ist bald Weihnachten.

Während Maunz sich über die Leckerbissen hermacht, kehrt Iris zur Weihnachtsdekoration zurück. Vorsichtig hebt sie den Deckel von der schwarz-weiß gemusterten Pappkiste und schaut hinein. Mit einem Mal ist ihre gute Stimmung wie weggeblasen. Sie schluckt. Die Erinnerung an das letzte Weihnachtsfest schmerzt noch immer.

Oben im Karton liegt der Playmobil-Rentierschlitten, den Sven so gehasst hat. Iris hebt ihn heraus. In diesem Jahr bekommt der Plastikschlitten einen Ehrenplatz auf dem Weihnachtstisch. Behutsam stellt sie die Rentiere zur Seite. Bei dem Gedanken an ihren Ex-Freund spürt Iris die altbekannte Mischung aus Zorn und Traurigkeit in sich aufsteigen. Um sich abzulenken, klettert sie rasch auf den Sessel und sucht auf dem Schrank nach dem Plastik-Weihnachtsbaum. Natürlich liegt er ganz hinten, noch hinter den Koffern. Iris streckt sich und zerrt das Bäumchen mit einem kräftigen Ruck hervor.

Es ist aus Plastik wegen Maunz, der die letzte Blautanne erst mit einem zielsicheren Strahl markiert und dann versucht hat, mit einem Satz auf die Spitze zu springen. Selbst der kräftigste Weihnachtsbaum ist dem Ansturm eines Sechzehn-Pfund-Katers nicht gewachsen.

Also musste Sven sich fluchend auf den Weg machen, um am Heiligen Abend einen Plastikbaum zu kaufen.

«Du und dein Sch…-Kater», schimpfte er, während sie gemeinsam die Reste der Tanne in der Mülltonne entsorgten. «Jetzt sperren wir das Biest über die Feiertage in die Küche.»

«Maunz feiert mit uns Weihnachten», leistete Iris ihm zum ersten Mal Widerstand. Auf Svens Wunsch hatte sie den armen Kater schon aus dem Schlafzimmer vertrieben. Nächtelang hatte Maunz gejammert und sich mit tiefen Kratzspuren an ihrer Lieblingsjacke gerächt. Aber Weihnachten ohne Maunz – nein, das konnte sie sich beim besten Willen nicht vorstellen.

Was für ein unglücklicher Zufall, dass sie Sven genau vier Wochen nachdem sie Maunz aus dem Tierheim geholt hatte, kennenlernte. Aber damals hoffte sie noch, dass der Sinnspruch sich bewahrheiten würde: Wer Katzen nicht mag, kennt sie nur nicht. Obwohl das letzte Weihnachtsdesaster sie eines Besseren hätte belehren müssen. Von einer fröhlichen Feier konnte beim besten Willen nicht die Rede sein. Sven schmollte die gesamten Festtage und würdigte die Weihnachtsente, für die Iris stundenlang in der Küche geschuftet hatte, nicht mit einem Wort. Maunz hingegen konnte sich vor Begeisterung kaum einkriegen, als er die Reste des Vogels zu fressen bekam.

Nach Weihnachten gingen sich Mann und Kater aus dem Weg, und Iris schöpfte erneut Hoffnung, dass die beiden wichtigsten Männer in ihrem Leben sich miteinander anfreundeten. Doch leider handelte es sich nur um die Ruhe vor dem Sturm.

Zum endgültigen Eklat kam es, als Maunz sich an Svens Geburtstagstorte vergriff, die Iris gebacken hatte. Sie war nur kurz aus der Küche gegangen, weil das Telefon klingelte. Als sie Sven schreien hörte, rannte Iris sofort zurück. In der Küche entdeckte sie die Bescherung: Maunz saß auf dem Tisch, die dicke Nase in der Torte vergraben. Zielsicher hatte der Kater das «Glück» aus «Glückwunsch» geschleckt, das Iris liebevoll mit Sahne geschrieben hatte.

«Das Viech oder ich!», brüllte Sven und hob drohend die Hand. Aber Maunz war schneller, sprang mit angelegten Ohren vom Tisch und flüchtete unter den Küchenschrank. Von dort funkelte er Sven mit großen Augen an.

«Das kannst du nicht ernst meinen.» Iris schüttelte den Kopf. Sicher war es ärgerlich, dass die schöne Torte zerstört war, aber musste Sven ihr deshalb ein Ultimatum stellen? «Das hat er doch nicht böse gemeint.»

– *Das meinst aber nur du! Ich konnte den Blödmann von Anfang an nicht leiden. Wie kann eine Große mit einem ausgesprochen guten Geschmack wie du (schließlich hast du mich ausgesucht) nur so ein schlechtes Urteilsvermögen in Sachen Männchen haben? Er riecht komisch. Und dann dieser fiese Blick, mit dem er mich immer fixiert. Übel. Ganz übel. Aber ihr Großen habt ja so wenige Instinkte. Ich habe so viel angestellt, damit du endlich hinter die Fassade von deinem Sven schauen kannst. Was würdest du nur ohne mich tun?*

Sven gab nicht nach. Sein Gesicht lief rot an, eine Ader an seiner Stirn pochte so auffällig, dass Iris schon fürchtete, er würde ohnmächtig werden.

«Iris! Das kann doch wohl nicht so schwer sein.» So selbstgerecht hatte sie ihn noch nie erlebt. «Das Viech oder ich.»

Vor diese Wahl gestellt, musste Iris schweren Herzens eine Entscheidung treffen. Ihr Herz hämmerte, und ihre Handflächen wurden feucht, aber sie schaffte es, Sven in die Augen zu sehen, als sie ihm ihre Antwort gab.

«Du ... dir ist das Biest wichtiger als ich? Als unsere Liebe?» Ungläubig starrte Sven sie an.

Iris konnte nicht antworten, weil sie fasziniert die Schläge der pochenden Ader mitzählte.

«Was hat der Kater, was ich nicht habe?» Wütend deutete er auf Maunz, der zutraulich unter dem Schrank hervorkam, sich auf den Rücken legte, die Beine anzog und sich alle Mühe gab, niedlich auszusehen. Soweit das einem übergewichtigen Kater möglich war.

Iris zeigte auf Maunz. «Sieh doch.» Sie hoffte, dass Sven wenigstens ansatzweise verstand, was sie an ihrem Kater so liebte. Sicher, man konnte ihn beim besten Willen nicht als Schmusekater bezeichnen. Er schwänzelte nur dann um sie herum, wenn sie in die Küche ging und er sich Futter erhoffte. Zielstrebig forderte Maunz ausgerechnet dann Streicheleinheiten von ihr ein, wenn sie telefonierte, ihr Notebook öffnete oder die Wohnung verlassen wollte. Dann schaute er so herzzerreißend, dass Iris jedes Mal auf dem Heimweg beim Schlachter vorbeiging und etwas Leckeres für Maunz besorgte. Mit Schuldgefühlen natürlich. Schließlich lebte sie seit Jahren vegetarisch. Was Maunz ihr vorwarf, wenn sie seine kritischen Blicke beim Essen richtig interpretierte. «Er … er ist doch so niedlich.»

«Niedlich wie ein Zehn-Kilo-Haarballen», antwortete Sven wutschnaubend. Anklagend deutete er auf Maunz. «Für *das* Mistvieh entscheidest du dich? Gegen mich? Für ein Tier?!»

«Du hast mich doch vor die Wahl gestellt», versuchte Iris, sich zu verteidigen. Sie fühlte sich mies, aber sie konnte den armen Kater nicht wieder zurück ins Tierheim verfrachten. Niemand würde ihn nehmen. Nicht, solange es dort niedliche Kätzchen mit guten Manieren und freundlichem Wesen gab. «Du kannst auch allein klarkommen, aber Maunz braucht mich.»

Kopfschüttelnd packte Sven die Geschenke, die sie ihm eben erst überreicht hatte, in einen Koffer. «Die anderen Sachen kannst du mir zusammenpacken.» Ein letzter verständnisloser Blick. «Ich hole sie morgen Mittag ab.»

Nachdem die Tür hinter ihm zugeknallt war, fiel Iris in sich zusammen und weinte wie ein Schlosshund. Ein Kuschelkissen vor dem Bauch, rollte sie sich auf dem Sofa zusammen und schluchzte zum Gotterbarmen. Maunz ließ sich davon nicht beeindrucken, sondern forderte in der Küche lautstark sein Futter ein. Als Iris aufstand und eine Dose öffnete, hätte sie schwören können, dass der Kater grinste.

– *Gewonnen! Verzieh dich nur, du Stinker. Mit deinen Düftchen hier, Düftchen da. Kein Kater würde so viele künstlich riechende Noten auch nur eine Sekunde in seinem Fell dulden. Wie konnte sie nur auf den Großen reinfallen? Ob sie rollig war? Bei den Großen erkennt man das so schlecht, sie riechen ja nie nach sich selbst. Immerhin haben sich meine Anstrengungen gelohnt, und er ist weg. Nur noch sie und ich. Trautes Heim, Glück allein … Aber warum gibt sie so seltsame Töne von sich? Hat sie Hunger? Versteh einer die Großen!*

«Verdammt. Wo sind bloß die Plastikkugeln?» Als Iris suchend die Koffer zur Seite schiebt, stößt sie auf die Kosmetiktasche, die nach Svens Auszug auf den Schrank gewandert war. Iris rutscht zurück in den Sessel, Tränen treten ihr in die Augen. Dann beginnt sie zu schniefen, das blöde Ding im Arm wie eine dicke Katze. Damals, als Sven ihr die Tasche schenkte, hatte sie sich darüber geärgert. Was sollte sie mit einem Kosmetikkoffer? Ihre zwei Lippenstifte und die eine Wimperntuscheflasche darin verstauen? Also warum bringt das unnütze Geschenk sie jetzt zum Weinen? Iris seufzt und wirft die Kosmetiktasche auf den Boden – eine Spende für das Sozialkaufhaus.

«Mack?» Maunz streckt seinen Kopf unter ihrem Ellenbogen hindurch und schaut sie mit schiefgelegtem Kopf an. «Mack!», wiederholt er nachdrücklich.

«Nix Mack», schimpft Iris und schubst den Kater weg. Entschlossen klettert sie wieder auf die Lehne des Sessels und rumort zwischen den Koffern herum. «Du bist dick genug. Und deinetwegen bin ich an Weihnachten allein. Mit einem Plastikbaum und Plastekugeln.»

Auch die schönen roten Glaskugeln hatten Maunz' Angriff auf die Blautanne nicht überlebt. Ganz zu schweigen von der gläsernen Spitze. Sven musste nicht nur einen künstlichen Baum kaufen, sondern auch stabile Kugeln, die selbst ein Kater mit Zerstörungsdrang nicht kaputtbekam.

Da liegen sie, ganz hinten. Iris stellt sich auf die Zehenspitzen. Mit aller Kraft wirft Maunz sich plötzlich gegen ihr Bein, und sie muss mit den Armen rudern, um das Gleichgewicht nicht zu verlieren.

«Mack! Mack!» Inzwischen klingt der Kater zornig. Seufzend beschließt Iris, ihm etwas zu knabbern zu geben, damit sie sich endlich in Ruhe den Weihnachtsvorbereitungen widmen kann.

Schließlich stellt Iris den künstlich-grünen Plastikbaum auf. Sie staubt ihn ab und zerrt an den Ästen, damit er etwas natürlicher und buschiger wirkt. Anschließend holt sie die goldfarbenen und weißen Plastikkugeln aus der Kiste und verteilt sie auf den struppigen Zweigen. Maunz kommt aus der Küche zurück, schnuppert einmal an einer Kugel und wendet sich verächtlich ab.

Erst als Iris das Geschenkpapier und die bunten Bänder hervorholt, wird er wieder munter. Mit einem Satz hüpft er in den Karton, zerknittert das übriggebliebene Papier und schnappt sich ein goldenes Geschenkband. Begeistert wirft er sich mit der Schnur zwischen den Vorderpfoten auf den Rücken und strampelt mit den Hinterbeinen.

«Nein, gib das her.»

Langsam und genüsslich kaut Maunz auf dem Band herum. Iris will nach ihm greifen, doch er springt aus der Kiste und galoppiert mit schaukelndem Bauch davon, das erbeutete Band im Maul.

Kopfschüttelnd schaut Iris ihm nach. «Na ja, jetzt kann ich wenigstens in Ruhe den Baum schmücken. Übermorgen ist schließlich Heiligabend.»

Als Iris am nächsten Tag, bepackt mit Tüten voller Weihnachtsleckereien für sie und Maunz, von der Arbeit nach Hause kommt, erwartet der dicke Kater sie wie jeden Tag an der Tür. Heute jedoch sieht er nicht hungrig aus, sondern eher jämmerlich.

«Was ist denn mit dir, mein Dicker?» Um ihm den üblichen Begrüßungskopfstreichler zu geben, hievt Iris die Tüten auf den linken Arm und beugt sich zu Maunz hinunter. Doch der dreht sich einfach um und trottet davon.

«Ach du jemine.» Iris lässt die Tüten fallen, stößt mit dem Fuß die Wohnungstür zu und eilt ihrem Kater hinterher. «Maunz, was hast du da?»

Im Wohnzimmer holt sie ihn ein. Maunz liegt neben dem großen Sessel flach auf dem Boden und versucht, sich unsichtbar zu machen. Zielsicher greift Iris in sein Nackenfell und zieht den widerstrebenden und empört fauchenden Kater zu sich heran. Vorsichtig, immer bemüht, außer Reichweite seiner Krallen zu bleiben, dreht sie ihn um. Ja, sie hat richtig gesehen. Etwas Goldenes hängt aus seinem Hintern. Iris schluckt und kneift die Augen zusammen. O nein. Geschenkband! Was soll sie jetzt machen?

Hastig läuft sie aus dem Zimmer und drückt die Tür hinter sich zu. Mit zitternden Fingern greift sie nach dem Telefon und tippt die Nummer ein.

«Iris Burgfeld hier. Wie lange sind Sie noch da?», fragt sie mit bebender Stimme. Bitte, bitte, fleht sie das Schicksal an. Lass Maunz nichts Schlimmes passieren. Nicht vor Weihnachten. Nicht ausgerechnet vor diesem Weihnachten. Ihre Eltern machen eine Karibikkreuzfahrt, die Freundinnen feiern mit ihren Familien, und Sven hat sie verlassen. Maunz ist ihr Fels in der Weihnachtsbrandung.

«Ich kann gleich kommen.» Iris überlegt einen Moment.

«Also …, sobald ich den Kater eingefangen habe. Sie kennen Maunz ja.»

Sie springt über den Inhalt der Tüten, der sich über den Flur ergießt, zum Schrank und kramt den Katzentransportkorb hervor. Dann öffnet sie vorsichtig die Tür zum Wohnzimmer. Kein Maunz zu sehen. Wie schafft es ein acht Kilo schwerer Kater nur, sich in dem kleinen Zimmer unsichtbar zu machen? Iris sucht ihn unter dem Sofa, neben den Bücherregalen und unter der Decke, die den Sessel vor seinen Krallen schützen soll. Nichts. Kurz überlegt sie, bevor sie entschlossen auf den Weihnachtsbaum zugeht. Richtig, dort versteckt sich der Flüchtige.

Schnell – bevor er erkennen kann, was sie mit ihm vorhat – schnappt sie sich den Kater und schiebt ihn in den Transportkorb. Sobald das Gitter geschlossen ist, beginnt Maunz herzzerreißend zu jaulen. So laut, dass die Nachbarn bestimmt wieder die Türen öffnen und strafend heraussehen werden.

– *Lass mich raus! Lass mich raus! Lass mich sofort raus! Hilfe! Hört mich denn keiner? Hilfe! Ich weiß gar nicht, warum sie sich so aufregt. Kater, Kater, ist doch völlig harmlos. Das Ding werde ich bestimmt wieder los, die Zeit wird das schon richten. Lass mich sofort raus! HILFE!!!*

«Tut mir leid, Süßer. Muss sein.» Iris beseitigt eilig das Chaos im Flur und verstaut das Essen im Kühlschrank. «Warum musstest du auch Geschenkband fressen, du Dussel?»

In der Aufregung rutscht ihr eine Dose mit vegetarischem Kaviar aus den Händen und rollt durch die Küche. Iris jagt dem Weihnachtsleckerbissen nach und legt ihn vorsichtig in den Kühlschrank. Dann atmet sie tief durch, greift nach dem Katzenkorb und macht sich auf den Weg zur Tierärztin.

Im Auto stellt Iris das Radio laut, aber nichts kann Maunz' Klagegesang übertönen. Der Weg zur Praxis kommt ihr endlos vor. Nicht zum ersten Mal fragt sie sich, ob sie wirklich richtig entschieden hat. Man kann über Sven denken, was man will – wenn es um Arztbesuche ging, hat er sich deutlich weniger angestellt als der Kater. Obwohl sich bei Sven die kleinste Erkältung gern zu einer asiatischen Kampfgrippe auswuchs und er stets entsetzlich litt. Maunz ist härter im Nehmen, aber lauter im Protest.

Vor der Tierarztpraxis angekommen, findet Iris zum Glück sofort einen Parkplatz. Nur noch wenige Minuten, bis die Praxis schließt. Maunz wirft sich mit aller Kraft in der Transportbox hin und her, dass Iris ihn beinahe fallen lässt.

«Lass das, Dicker», schimpft sie und klemmt sich den Korb fester unter den Arm. «Das hast du dir selbst zuzuschreiben.»

«Mrpfh», antwortet Maunz, als würde er sie verstehen, und grollt nur noch leise weiter. Kaum hat Iris die Glastür der Praxis hinter sich geschlossen, verstummt er ganz und verkriecht sich so weit hinten im Korb wie nur möglich.

«Burgfeld. Iris Burgfeld. Mit Maunz.» Iris schaut die Frau hinter dem Tresen hilfesuchend an. «Ich hatte angerufen.»

Während die Sprechstundenhilfe, Frau Milan, den Namen in den PC eingibt, beugt Iris sich neugierig vor. Maunz' Name ist blutrot markiert. Wahrscheinlich, weil er die Helferin gekratzt hat, nachdem sie ihm das letzte Mal eine Spritze gegeben hatte. Na ja, und dass er die andere Helferin gebissen hat, macht ihn hier sicher ebenso wenig zu einem gerngesehenen Gast.

«Nehmen Sie bitte einen Augenblick Platz.» Frau Milan lächelt etwas gequält. «Wir rufen Sie dann auf.»

Iris dreht sich um. Im Wartezimmer sitzt nur noch ein Mann mit Hund. Also werden sie nicht allzu lange warten müssen. Gut für Maunz, gut für sie und gut für die Gesundheit der Tierarzthelferinnen.

«Hallo.» Iris mustert den einsamen Mann, der so kurz vor Weihnachten auch nichts Besseres zu tun hat, als beim Tierarzt zu sitzen. Nett sieht er aus. Knapp größer als Iris und etwa so alt wie sie. Er fährt sich mit der Hand durch die dunkelbraunen Haare, die schon in alle Richtungen abstehen. Sportlich wirkt er, ganz anders als sein Begleiter. Neben ihm hockt ein etwas moppeliger Langhaardackel. Ist das etwa Stanniolpapier an seiner Schnauze?

«Äh, Entschuldigung», beginnt Iris vorsichtig. «Ihr Hund hat da … etwas Glänzendes.»

«Ich weiß.» Der junge Mann grinst etwas entschuldigend und besorgt zugleich. «Piefke hat heute die Schokoladen-Tannenzapfen vom Baum geholt. Und gefressen, samt der Verpackung.»

Mit schiefgelegtem Kopf blickt der Hund zu seinem Herrchen auf, als wüsste er, wovon die Rede ist. Iris fällt auf, dass beide, Hund und Herrchen, dunkelbraune Augen haben. Heißt es nicht immer, dass Menschen und Haustiere sich im Aussehen annähern? Sie kann nur hoffen, dass dieses Sprichwort für Maunz und sie nicht gilt.

«Was für ein Hübscher», sagt Iris und beugt sich zu dem Dackel hinab. «Darf ich?»

Als der Mann nickt, streckt sie die Hand aus und lässt Piefke daran schnuppern. Der Hund wedelt so heftig mit dem Schwanz, dass sein ganzer Körper in Bewegung gerät.

– *Nein! Das kann sie doch nicht ernst meinen. Sie schließt Freundschaft mit einem von denen? Stinkende Kläffer. Verrat! Das wird ihr noch leidtun. Ich sterbe hier, und sie streichelt einen Stinker!*

«Was ist mit Ihrer Katze?» Der Mann beugt sich vor und versucht, einen Blick in den Tragekorb zu werfen, aus dem nun ein hochgezogenes Wimmern erklingt. «Hat sie Schmerzen?»

«Maunz! Mein Gott, Maunz!» Sofort wendet sich Iris vom Dackel ab. «Er ist ein Kater.» Voller Sorge öffnet sie die Gittertür und schaut ins dunkle Körbchen. Dort liegt

Maunz auf dem Rücken, alle viere von sich gestreckt, und jammert erbarmungswürdig.

Iris schließt das Türchen und springt auf. «Bitte. Ich muss dringend zu Frau Doktor», fleht sie die junge blonde Frau hinter der Theke an. «Maunz ... Sie hören es doch.»

«Tut mir leid.» Die Helferin lächelt Iris beruhigend zu. «Wir haben gerade einen Notfall. Aber es kann nicht mehr lange dauern.»

«Danke.» Als das Jammern hinter ihr noch weiter anschwillt, muss Iris mit den Tränen kämpfen. «Es ist alles meine Schuld.»

«Was hat er denn?», fragt die Helferin mit einem besorgten Blick in Richtung des Korbs. Inzwischen hat Piefke ebenfalls begonnen, langgezogen zu jammern. Vielleicht aus Solidarität mit dem leidenden Kater, vielleicht aber auch, um dessen Geräusche zu übertönen. «Herr Hansen war allerdings vor Ihnen da.»

«Maunz ... er ... na ja ... er hat Geschenkband gefressen.» Iris spürt, wie sie rot anläuft. Hoffentlich fragt die Frau nicht weiter. Warum muss der Kater ständig so peinliche Krankheiten haben? Mit Grausen erinnert sich Iris an seine Analdrüsenverstopfung.

«Sie können gerne als Erste rein», bietet der nette Mann großzügig an. Iris wird es warm ums Herz. Sie dreht sich zu ihm um und schenkt ihm ein Lächeln, das allerdings auf ihrem Gesicht verhungert, als die Helferin sie erneut anspricht.

«Geschenkband gefressen?» Sie hat eine Augenbraue

gehoben und sieht aus wie Mrs. Spock persönlich. «Sind Sie sicher?»

«Ja! Leider.» Iris wünscht sich ein Erdloch, um darin zu versinken. Um gegen die Tierstimmenkakophonie anzukommen, erhebt sie die Stimme: «Es hängt ihm aus dem Hintern!»

Als hätten sie nur auf dieses Stichwort gewartet, verstummen Maunz und Piefke, sodass Iris' Geständnis laut und deutlich durchs Wartezimmer schallt. Hinter sich hört sie das leise Kichern von Herrn Hansen.

Geschlagen und mit gesenktem Blick schleicht Iris zurück zu ihrem Stuhl. Ihre Wangen brennen. Bestimmt ist sie so rot wie der Mantel vom Weihnachtsmann oder die Nase von Rudolf, dem Rentier. Womit hat sie das verdient? Alle anderen Katzenbesitzer schwärmen von ihren freundlichen Fellnasen, die friedlich mit ihren Dosenöffnern zusammenleben, Schnurreinheiten verteilen, wenn man traurig ist, und ansonsten fröhlich durch die Wohnung tollen.

Und Maunz? Der sieht in ihr nur die Futterquelle, da ist sich Iris sicher. Als sie nach Svens Auszug deprimiert im Bett lag und sich die Augen aus dem Kopf weinte, was tat der Kater? Verkrümelte sich so weit weg wie nur möglich. An manchen Tagen hatte Iris das Gefühl, nicht nur Sven, sondern auch Maunz hätte sie verlassen. Mit rotgeweinter Nase, umgeben von Bergen zerknüllter Taschentücher, lag sie im Bett, verdrückte massenhaft Schokolade und Chips und verfluchte alle beide. Immerhin weckte das

Rascheln der Chipstüte Maunz' Aufmerksamkeit, und der Kater schaute kurz vorbei, um an den Salz-und-Essig-Chips zu schnuppern, die Iris ihm hinhielt, und sich mit angeekelter Miene wieder zu trollen.

Jetzt muss sie sich nur wegen Maunz' Gefräßigkeit vor dem netten Typ in Grund und Boden schämen. Dabei wirkt Piefkes Besitzer genauso beziehungsfrei wie sie. Hätte Maunz bloß eine weniger peinliche Krankheit!

«Wie … wie ist er denn an das Geschenkband gekommen?» Mühsam kämpft Piefkes Besitzer gegen einen Lachanfall an. «Das ist schon etwas ungewöhnlich.»

Iris spürt, wie ihr noch mehr Röte in die Wangen steigt. Wahrscheinlich ähnelt ihr Gesicht inzwischen einer Chilischote. Sie seufzt. «Für eine normale Katze wahrscheinlich schon», antwortet sie schließlich und zuckt mit den Schultern. «Aber Maunz … er frisst einfach alles. Ohne Rücksicht auf die Folgen. Er ist halt nur ein Kater und kann nicht nachdenken.»

– Hey, was soll das denn heißen? Ich fresse überhaupt nicht alles! Jedenfalls nichts von den komischen Dingen, die du dir zwischen die Zähne schiebst. Außerdem: Lass den Großen in Ruhe. Das nimmt doch sowieso wieder ein bitteres Ende. Kaum habe ich einen aus meinem Revier vertrieben, suchst du dir den nächsten. Und dann noch einen mit einem Stinker. Wie, bitte schön, soll ein Kater da gesund bleiben? Blöder Stinker! Nänänänä. Gut, dass du zu doof bist, mich zu verstehen!

– Wuff! Sei dir bloß nicht zu sicher. Selber blöde, doofer Kraller!

71

«Schauen Sie mal, wie süß. Als würden die beiden sich unterhalten.» Der Dackelbesitzer beugt sich vor und streicht seinem Hund übers Fell.

In dem Moment bricht Maunz in das ohrenbetäubende Klagegeheul aus, das Iris kennt und fürchtet. Nichts wird ihn jetzt mehr stoppen. Wenn Maunz sich erst einmal eingejammert hat, kann sich das ewig hinziehen.

– *Miaaargh! Was? Wieso sprichst du Kätzisch? Ist denn die ganze Welt verrückt geworden? Oh, große Bastet, Göttin der Katzen, ich muss kränker sein, als ich dachte. Jetzt höre ich schon Stimmen. Ich werde steerrrben! Ich bin doch noch so jung und hatte noch so viel vor. So viele Futterdosen, die auf mich warten. So viel Grünzeug, das ich stutzen muss. Bitte nicht!*

«Ksch. Pscht. Ksch», macht Iris verzweifelt, nur um irgendetwas zu tun. Nichts wird den Kater zur Ruhe bringen, wenn er erst einmal in Fahrt ist. Nun, eine Spritze möglicherweise. Falls es unter Katzen so etwas wie Hypochonder gibt, gehört Maunz auf jeden Fall dazu. Der kleinste Anlass, und der Kater veranstaltet das größte Drama. «Wir sind gleich dran.»

Das lautstarke Knurren des Dackels übertönt fast Maunz' Geschrei und trägt nicht dazu bei, dass Iris sich wohler in ihrer Haut fühlt. Verlegen spricht sie besänftigend auf den Kater ein, der plötzlich verstummt.

– *Krieg dich wieder ein. Du bist nicht krank. Meine Tante war eine Maine Coon, darum spreche ich deine Sprache.*

– *Deine Tante? Igitt, wie soll das denn gehen? Das wird ja immer schlimmer.*

– *Meine Nenntante. Was denkst du denn?*

Doch bevor Kater und Dackel ihren Austausch vertiefen können, öffnet sich die Praxistür, und eine Pudelbesitzerin bringt einen Schwung Winterkälte herein. Ihr schwarzer Hund ist unter einem roten Weihnachtsmäntelchen mit weißem Saum kaum zu sehen. Komplettiert wird sein Outfit durch niedliche Stiefelchen an den Pfoten.

Iris und der Dackelbesitzer wechseln einen verschwörerischen Blick und schauen dann unauffällig zu Boden. Schlagartig fangen Maunz und Piefke wieder an zu miauen und zu kläffen. Iris könnte schwören, dass die zwei sich über das weihnachtlich gekleidete Pudelchen amüsieren, das sie jedoch keines Blickes würdigt.

– *Miau! Guck mal. Da fehlen nur noch Weihnachtskugeln …*

– *Und Lametta. Aber da könntest du ja aushelfen.*

– *Vorsicht, Dackel. Obwohl … für einen Stinker bist du ganz in Ordnung.*

«Pscht. Pscht», zischt Iris erneut auf Maunz ein, der sie jedoch – wie so häufig – einfach ignoriert. «Kater, sei ruhig, oder es gibt eine Spritze!»

Zu Iris' schlechtem Gewissen verstummt Maunz augenblicklich, und endlich öffnet sich die Tür des Behandlungszimmers. Die Tierärztin verabschiedet sich herzlich von einem alten Mann mit einem struppigen Kätzchen auf dem Arm.

«Schön, dass Sie dem Kleinen ein Zuhause geben. Fröhliche Weihnachten.»

Mit seiner grünen Mütze und Jacke erinnert sie der Alte an ihren Vater. Nur dass Iris' Vater weder Tiere im Allgemeinen noch Maunz im Besonderen mag und sie sich kaum vorstellen kann, dass er ein zerzaustes Katerchen bei sich aufnehmen würde.

«Frau Burgfeld, lange nicht gesehen», begrüßt die Tierärztin ihre nächste Kundin. «Brauche ich Handschuhe, oder ist Maunz heute weihnachtlich gestimmt?»

«Guten Tag, Frau Krug.» Iris hebt den Tragekorb an und schleppt Maunz in das Behandlungszimmer, der tief und dunkel grollt. «Das beantwortet Ihre Frage, oder?»

«Was hat er denn?» Sicherheitshalber zieht die Veterinärin sich Handschuhe an und tritt einen Schritt zurück, als Iris die Klappe der Transportbox löst. Beim letzten Mal kam Maunz wie ein Wilder herausgeschossen. Damals hatte Iris schon befürchtet, sie müsste sich eine andere Praxis suchen, doch Frau Krug war hart im Nehmen und schnell im Wegspringen. «Überfressen?»

«Nicht ganz.» Erneut spürt Iris die Wärme in ihrem Gesicht, vermutlich nähert sich ihre Gesichtsfarbe mittlerweile der ihres Weihnachtspullis. Nie wieder wird sie etwas Rotes anziehen, wenn sie mit Maunz zum Tierarzt muss, das schwört sie sich. Sie holt tief Luft und hebt Maunz, der nun «toter Kater» spielt, aus dem Korb. «Er hat ein Geschenkband verschluckt, das ihm jetzt aus dem Hintern hängt.»

«Haben Sie daran gezogen?», fragt die Tierärztin, als wäre es gar nichts Besonderes, einen übergewichtigen

Kater auf den Tisch zu bekommen, dem ein goldfarbener Streifen aus dem Po hängt. «Ach, hübsch weihnachtlich. Wie Lametta.»

«Äh, nein.» Auf die Idee, das Ding einfach rauszuziehen, war Iris in ihrer Panik gar nicht gekommen. Es hätte so einfach sein können! Nun, möglicherweise. Sie möchte lieber nicht an Maunz' Reaktion denken, wenn sie ihm das Band aus seinem Hintern gezerrt hätte.

– *Mach hin! Nicht so viel Gequatsche. Ich will nach Hause und hab Hunger! Ist doch außerdem alles kein Drama. In ein paar Tagen habe ich das Zeug verdaut, und es kommt bestimmt am Stück wieder raus. Ich kenn mich da aus.*

«Richtig gemacht.» Frau Krug nickt Iris zu, der ein Stein vom Herzen fällt. Ein Lob von der Tierärztin, das ist ja wie Weihnachten. «Es kann zu unschönen Verletzungen im Darmtrakt kommen, wenn Sie daran reißen.»

«Aber … was mache ich jetzt damit?» Iris schaut ratlos auf Maunz, der sich grollend auf die Tischplatte presst und mit dem Schwanz peitscht, sodass das Band ab und zu golden aufblitzt. «Einfach baumeln lassen?»

«Nein. Dann könnte es irgendwo hängen bleiben.» Die Veterinärin grinst breit und öffnet eine Schublade. Suchend wühlt sie darin herum und hält schließlich eine Schere hoch. «Sobald sich etwas zeigt: abschneiden!»

– *Auf keinen Fall! Das meint sie jetzt nicht ernst. Niemals! Das könnt ihr mir nicht antun. Nein! Niemand geht mit so einem scharfen Ding an mein Hinterteil!*

«Ich hole uns mal Hilfe.» Daraufhin öffnet Frau Krug

die Tür und ruft ihren Helferinnen zu: «Ich brauche bitte Unterstützung für Maunz.»

Iris hört ein lautes Seufzen, was die Wärme in ihrem Gesicht noch weiter ansteigen lässt. Doch dann kommen zwei junge Frauen in den Raum. Gemeinsam mit Iris halten sie den sich heftig wehrenden Kater fest, während die Tierärztin die Schere zückt. Maunz kreischt und jault so laut, dass er bestimmt im Wartezimmer zu hören ist.

«Das wär's.» Die Tierärztin wirft ein Stückchen goldenes Band in den Abfalleimer. «Wenn sich noch mehr zeigt, versuchen Sie, es abzuschneiden. Ansonsten habe ich über Weihnachten Notdienst. Schöne Feiertage wünsche ich Ihnen.»

«Schöne Weihnachten.»

Iris trägt Maunz, der wieder mit aller Kraft im Transportkorb randaliert, zurück ins Wartezimmer. Schade, denkt sie enttäuscht, Herr Hansen und Piefke sind nicht mehr da. Vermutlich warten sie im zweiten Behandlungszimmer.

«Fröhliche Weihnachten», wünscht Iris der Tierarzthelferin, die die Kratzspuren an ihren Unterarmen betrachtet – ein Weihnachtsandenken von Maunz.

«Ein schönes Fest und guten Rutsch!» Iris scheint, in der Antwort schwingt die Hoffnung mit, Maunz möge in diesem Jahr nicht mehr wiederkommen.

– Was soll das denn? Muss ich alles selber machen? Warum wartest du nicht auf den Großen? Da muss wohl wieder einmal Maunz ran und die Welt retten.

Langsam macht sich Iris auf den Weg zum Parkplatz. Als sie die Autotür öffnet, stößt Maunz aus heiterem Himmel ein Keuchen aus und würgt. «Huarg, huarg» macht er, und in Iris' Ohren klingt es, als stünde er kurz vor dem Erstickungstod. Auch das noch! Sie dreht auf dem Absatz um und hastet zurück zur Tierarztpraxis. Reißt panisch die Tür auf – und stößt mit jemandem zusammen, der gerade hinausgehen will. Der Dackelbesitzer! Vor Schreck rutscht Iris der Transportkorb aus der Hand und knallt auf die Treppe. Mit einem Mal ist Maunz wieder ruhig.

«Entschuldigung, aber mein Kater ...», beginnt Iris, doch dann verstummt sie. Nichts mehr, nicht einen Piep gibt Maunz von sich.

«Gut, dass Sie noch nicht weg sind.» Verlegen blickt Herr Hansen zu Boden und dreht Piefkes Leine in den Händen. Der Dackel schnuppert am Gitter des Transportkorbs. «Ich heiße übrigens Florian. Also ... ja, also, wir kennen uns kaum, aber ...»

«Ich bin Iris und würde dich gern zu Heiligabend einladen», bringt Iris hervor und läuft bestimmt wieder weihnachtsmannmantelrot an, doch das ist ihr egal. «Aber es gibt nur Vegetarisches.»

«Das ist gut.» Florian Hansen blickt sie an und lächelt breit. «Ich mag auch kein Fleisch.»

«Schön, dann so gegen acht.» Iris hebt den Transportkorb hoch. «Jetzt muss ich noch mal rein. Bis morgen. Fröhliche Weihnachten.»

«Deine Adresse brauche ich noch.» Er holt einen Block

und einen Stift hervor. «Sonst muss ich morgen die ganze Stadt ablaufen.»

«Oh, klar, entschuldige. Aber immer, wenn etwas mit dem Kater ist …» Nervös fährt Iris sich mit der Hand durch die Haare. «Am Sportplatz 18.»

«Ich kenn das. Wenn Piefke nur hustet, breche ich sofort in Panik aus.» Florian winkt entschuldigend ab und lässt dabei Piefkes Leine fallen. «Soll ich etwas mitbringen?»

«Wie wär's mit einem Weihnachtspunsch?», schlägt Iris vor. Sie öffnet die Tür zur Praxis. «Ich freu mich.»

– Wuff! Also Weihnachten mit Kater!

– Na, das habe ich ja gut hinbekommen. Nimm dir ein Beispiel an mir, Stinker. Auch wenn ich dafür morgen mit dir feiern muss. Was tut man nicht alles für seine Große. Weihnachten mit Dackel! Frohes Fest, Stinker.

In der Wildnis
mit Weihnachtsmann

MyaMya presste sich fest an den Boden und kniff die Augen zu. Vor Angst stand ihr das Fell zu Berge, und ihr Herz schlug, als hätte sie zehn Mäuse gejagt. Jedenfalls glaubte sie, dass es sich so anfühlen musste – schließlich hatte sie noch nie in ihrem Leben Mäuse gefangen, sondern ihr Essen stets auf weißem Porzellan serviert bekommen. Und auf warmen Kissen geschlafen.

Jetzt drückte sie sich an die eiskalte Erde, und ihr Magen knurrte so laut, dass er beinahe ihr wummerndes Herz übertönte. Sie würde entweder verhungern oder erfrieren oder von einem der lauten Monster ermordet werden, die über die Straße rasten. Sicher war nur eins: Dieses Abenteuer würde für sie niemals gut ausgehen.

Wie hatte sie nur in diese Situation geraten können? MyaMya duckte sich noch tiefer in die Schatten und schüttelte den Kopf über ihre eigene Dummheit. Die Großen waren schuld. Jawohl. Schließlich hatten sie sich ständig gegenseitig diese Geschichten vorgelesen.

Geschichten von Hauskatzen, die hinaus in die Wildnis zogen, aufregende Abenteuer erlebten und – wichtiger noch – Freunde fanden, mit denen sie ihr Leben teilten. Auch wenn sie wusste, dass ihre Großen sie liebten und ihr jeden Wunsch von den Augen ablasen, fühlte MyaMya sich einsam. Oft weinte sie ihren Wunsch nach einem Gefährten oder einer Gefährtin aus der Tür hinaus.

Sie sehnte sich nach jemandem, der ihr den Kopf ableckte und die Stelle unter dem Kinn säuberte. Sie vermisste das Gefühl einer rauen Zunge, die das Fell an den Stellen glättete, die sie selbst nicht erreichen konnte. So wie sie und ihre Mutter, Hla Nyunt von Mandalay, und ihre Geschwister sich gegenseitig geputzt hatten. Sie vermisste es, von einem sanften Schnurren in den Schlaf begleitet zu werden. Sie vermisste es, die Wärme zu spüren, wenn ein Pelz sich an den anderen kuschelte.

Einmal hatte sie ihre Großen belauscht, als sie überlegten, sich eine weitere Katze «anzuschaffen», wie sie es nannten.

«Ach, ich glaube, unsere Schöne ist eine Einzelprinzessin.» Die Frau hatte sich an den Mann gekuschelt und mit sanfter Stimme gesprochen. Der Stimme, mit der sie sich alles erschmeicheln konnte. «Wenn eine andere Katze da wäre, würde sie sich weniger für uns interessieren. Willst du das?»

«Ist das nicht egoistisch?», hatte der Mann geantwortet. MyaMya schätzte ihn mehr als sie, weil er immer wieder auf ihre Bettelstrategien hereinfiel und ihr nebenbei etwas zusteckte, auch wenn die Große dagegen war. «Schließlich leben wir ja auch zu zweit.»

MyaMya wäre am liebsten zu ihm geschlichen und hätte ihn abgeleckt, weil er – für einen Menschen – sehr verständig war. Doch noch harrte sie in ihrem Versteck aus und wartete ab, wie sich die Geschichte entwickeln würde.

«Ach, Schatz», hatte die Große geantwortet.

Da wusste MyaMya, dass ihre Hoffnungen vergebens waren. Die Frau siegte immer, wenn sie «Ach, Schatz» sagte. Das musste so ein Großen-Ding sein, das MyaMya beim besten Willen nicht verstehen konnte. «Ach, Lieber. Du bist immer so gut. Aber MyaMya ist schließlich nur ein Tier.»

Da war MyaMya aufgestanden, hatte sich ins Schlafzimmer geschlichen und der Großen in die Schuhe gepinkelt, die so wunderbar neu rochen, neu und teuer.

Aber weil Große dumm und unverständig waren, hatte die Frau nicht begriffen, was MyaMya ihr sagen wollte, sondern sie ausgeschimpft. Danach hatte MyaMya sich auf ein langes, einsames Leben eingestellt, dessen traurige Höhepunkte die Besuche bei der weißgekleideten Großen waren, bei der es so unangenehm scharf roch. Doch hier konnte sie wenigstens andere ihrer Art treffen und mit ihnen reden. Wenn auch nur von einem vergitterten Korb zum anderen. Immerhin besser als die einseitigen Unterhaltungen, die MyaMya mit den Großen führen musste. Wie lange es allein gedauert hatte, bis sie endlich das Wort für «Ich habe Hunger und wäre erfreut, etwas zu essen zu erhalten» verstanden hatten!

«Wie süß, sie sagt ‹Mack›», hatte die Frau gesagt. Erst beim zehnten Versuch begriff sie mit ihrem kleinen Verstand, dass «Mack» eine wichtige Bedeutung hatte. «Sollte sie nicht ‹Miau› machen?»

MyaMya hatte sie keiner Antwort gewürdigt. Resigniert hatte sie sich zum Schlafen niedergelegt, auf ihr weiches Kissen, das sie gern mit jemandem geteilt hätte.

Doch eines Tages brachte der Große ein Licht der Hoffnung in die Einsamkeit und Langeweile ihrer Tage.

«Schau, was ich gefunden habe. Katzenabenteuergeschichten.» Richtig glücklich hatte er geklungen, als hätte er eine fette Maus erlegt. Dabei sah MyaMya ihn nie jagen. «Die werde ich jetzt jeden Abend meinen beiden Lieblingsmädels vorlesen.»

Dieses Versprechen hatte er eingehalten und MyaMya eine neue Welt eröffnet. Mit seiner angenehmen Stimme malte er Bilder, wie MyaMya sie noch nie gesehen hatte. Wälder und Flüsse zeichnete er, Katzen und Kater jagten einander, zum Leben erweckt durch Worte, denen MyaMya voller Spannung lauschte.

Warum verbrachten die Menschen nur so viel Zeit vor dem Ding, in dem es flackerte, statt sich vorzulesen? Als Kitten war auch MyaMya einmal auf diesen Kasten hereingefallen. Sie hatte einen Hasen gehört und war mit gespitzten Ohren aufgesprungen, hatte die Vorderpfoten auf das warme Ding gesetzt und die Nase an die seltsame Oberfläche gepresst. Doch zwar hörte und sah sie die Beute, konnte sie aber nicht riechen und schon gar nicht jagen.

Enttäuscht war MyaMya zu ihrem Schlafplatz zurückgekehrt und hatte die Kiste keines Blicks mehr gewürdigt. Nicht wie die Großen, deren Geruchssinn so unterentwickelt sein musste, dass sie tagaus, tagein in das Ding starrten und wohl hofften, die Hasen irgendwann zu erwischen.

Aber wenn der Mann von Hasen las, dann sah MyaMya die Langohren nicht nur, nein, sie roch sie und hörte sie und spürte sie. Das musste Magie sein. Wenn er einmal nicht vorlas, sprang MyaMya zu ihm auf das Sofa und stupste ihn so lange mit der Nase an, bis er endlich zu dem Zauberding griff, das ganz, ganz entfernt nach wilden Wäldern duftete.

«Schau mal, unsere Süße ist ein Literaturfan.» Zärtlichkeit lag in seiner Stimme.

Daraufhin schmiegte sich MyaMya an seine eine Seite, die Große an die andere, und dann wirkte seine Stimme den Zauber. Je mehr MyaMya von der Welt draußen hörte, von den Abenteuern in den Wäldern, von Freundschaft und Liebe, die die Katzen verband, desto größer wurde ihre Sehnsucht nach der Freiheit. Doch sie war eingesperrt. Zwar mit weißem Porzellan und weichen Kissen, aber dennoch eingesperrt.

Aber dann geschah das Wunder. Beinahe wie in den Geschichten. Fremde Große besuchten ihr Heim. Sie brachten grässliche Geräte mit, deren Lärm MyaMyas Ohren peinigte und deren Gestank ihre Nase belästigte. «Handwerker» nannten ihre Großen die Wesen, die jeden Tag wiederkamen, Wände aufrissen und Löcher schlugen und die Türen offen ließen. Zwei Tage beobachtete MyaMya, wie die Handwerker einen riesigen Kübel in die Haustür stellten, damit sie nicht zufiel. Zwei Tage, an denen sie kaum fraß, mit vorgerecktem Kopf zur Tür trippelte und mit schnellen Sprüngen wieder davonlief. Unsicher, ob sie den Mut finden würde, ihr Heim zu verlassen.

Draußen warteten der Wald und die Abenteuer und die vielen anderen Katzen und Kater, mit denen sie durch das Unterholz streifen könnte. War sie wild genug, um sich der Herausforderung zu stellen? War sie klug genug, um in den Wäldern zu überleben? War sie schön genug, um die Anführer des Rudels für sich einzunehmen?

Ja. Ja. Und nochmals ja!

Am dritten Tag nahm MyaMya all ihren Mut zusammen und tat einen riesigen Sprung in die Freiheit. Erstaunt blieb sie stehen. Kein Wald war zu sehen. Kein Fluss zu riechen. Nur Stein und noch mehr Stein. Und die lauten Blechstinker, die sie vom Fenster aus beobachtet hatte. Sie duckte sich und überlegte, ob sie nicht lieber zurückkehren sollte. Doch dann fiel ihr die Geschichte von dem Kater ein, dessen Flucht vor seinen Menschen mit Freundschaft, Liebe und Abenteuern belohnt wurde. Als sie die Stimmen der Handwerker hörte, raste sie los, den Körper flach über den Boden gestreckt.

«Verdammt! Die Katze ist abgehauen. Schnappt sie euch!» Die Männer liefen ihr nach. «Schnell. Sonst gibt's mächtig Ärger!»

Doch da war MyaMya schon über den Zaun geklettert und hetzte den Gehweg entlang, wie ein heller Schemen, der sich niemals von schwerfälligen Handwerkern erwischen lassen würde. Sie war sicher, dass sie bis zum Wald nur ein wenig laufen musste.

Nach Stunden fühlte sich MyaMya in der Weite der grauen Steine verloren. Bisher hatte sie nur wenige Bäume gesehen. Ihre zarten Pfoten schmerzten. Ihr Magen knurrte vor Hunger, der sich schmerzhaft in ihren Körper bohrte und alle anderen Gedanken ausschaltete. Warum nur hatte sie sich von ihrer Neugier derart überwältigen lassen?

Sie wollte nur noch zurück nach Hause. Ohne zu zögern hätte sie alle Abenteuer der Welt gegen ein bisschen gekochtes Huhn und ihre Lieblingsplüschmaus eingetauscht. Doch sie hatte den Weg zurück nicht gefunden, war ziellos durch die Straßen geirrt, bis sie endlich, endlich den Wald entdeckt hatte. Einige wenige Bäume, ein See mit Enten, die lauthals schnatternd ins Wasser flüchteten, als MyaMya sich ihnen näherte – und der Geruch nach anderen von ihrer Art. MyaMyas Herz hatte vor Freude schneller geschlagen. Aufgeregt war sie auf die Kater und Katzen zugelaufen und …

Nun duckte sie sich in den Dreck und fürchtete, ihre

Verfolger könnten sie finden. Die fremden Katzen waren nicht sehr erfreut, geschweige denn freundlich gewesen, als MyaMya auf sie zugekommen war. Ein riesiger roter Kater mit zerfledderten Ohren und einer gewaltigen Narbe über dem rechten Auge war mit ausgefahrenen Krallen und laut fauchend auf MyaMya zugesprungen. Nur ihre Reflexe hatten sie gerettet.

Schneller, als sie es je für möglich gehalten hätte, war sie davongerannt, verfolgt von einer Meute blutgieriger Raubtiere. Heraus aus dem kleinen Wald, hinein in die Welt aus Stein und Beton, bis in die dunkle Gasse, wo sie sich hinter einigen intensiv riechenden Tonnen verkroch. Anscheinend hatte sie ihre Verfolger abgehängt.

MyaMya atmete auf. Vorsichtig wagte sie sich aus ihrem Versteck, streckte sich und schloss einen Moment die Augen. Als sie sie wieder öffnete, starrte sie in die des roten Katers. Sie war umzingelt. Er und vier andere Straßenkatzen zogen den Kreis um sie immer enger.

«Was wollen Sie?», quiekte MyaMya mit einem Stimmchen, klein und furchtsam wie das einer Spitzmaus. «Ich habe Ihnen nichts getan.»

«Du bist in unser Revier eingedrungen», knurrte der Rote. Seine Freunde maunzten zustimmend und schlichen noch näher an MyaMya heran. Sie hatten ihr Rückenfell aufgestellt, die Schwänze aufgeplustert und wirkten größer als zuvor. Mordlust glitzerte in ihren Augen. «Niemand verletzt ungestraft die Grenzen unseres Reviers.»

MyaMya schluckte. Sie versuchte verzweifelt, sich

daran zu erinnern, was der Katerheld aus der Geschichte in so einer Situation getan hatte. Obwohl ihr langsam dämmerte, dass es zwischen dem wahren Leben und den Geschichten doch einen Unterschied gab.

«Ich … ich wusste das nicht. Es tut mir leid», stotterte sie und senkte demütig den Kopf. «Ich werde diesen unerfreulichen Ort sofort verlassen und belästige Sie nicht mehr mit meiner Anwesenheit.»

«Wie spricht die denn?», grollte ein magerer schwarzer Kater, dem der halbe Schwanz fehlte. Er sträubte sein Nackenfell und fauchte. «Was issn das für eine?»

«Ist doch egal», knurrte ein Grautiger. Er fletschte die Zähne. MyaMya kam es vor, als würde er sie mit seinen gelben Augen durchbohren. «Sie schmeckt bestimmt gut.»

Schmecken? Sie erstarrte. Fraßen Kater Katzen? Verzweifelt sah sie sich nach einem Fluchtweg um. Doch ihre Gegner verstanden ihr Geschäft. Sie hatten sich strategisch so geschickt platziert, dass MyaMya nicht an ihnen vorbeikam.

«Lasst die Kleine in Ruhe», ertönte plötzlich eine tiefe Stimme aus der dunklen Gasse. Ihre Angreifer drehten den Kopf, und auch MyaMya wollte sehen, wer es wagte, sich hier einzumischen.

Gemächlich näherte sich ein gewaltiger dunkelgrauer Kater mit schwarzen Streifen. Größer noch als der Rote und bestimmt doppelt so groß wie sie, dachte MyaMya und ließ nervös ihre Ohren spielen. War der Neuankömmling wirklich auf ihrer Seite? Oder handelte es sich um einen gemeinen Trick der Bande? Wollte er sie vielleicht für sich allein?

«Was wollt ihr von ihr?» Ganz ruhig sprach der Graue, als stünde er nicht gerade einer Übermacht von fünf Straßenkatern gegenüber. «Sie stirbt ja fast vor Angst.»

Ohne zu zögern ging er an dem Roten vorbei auf Mya-Mya zu, die sich wieder an den Boden presste.

«Schau dir ihre blauen Augen an. Sie gehört nicht hierher!», murrte der rote Kater und legte die Ohren flach an den Kopf. Er sträubte sein Rückenfell, stellte alle Schwanzhaare auf und zuckte mit dem Schweif hin und her.

«Keiner von uns gehört hierher», brummte der Neuankömmling, der sich entspannt neben MyaMya niederließ. Er riss das Maul zu einem gewaltigen Gähnen auf und zeigte dabei eine Reihe beeindruckender Zähne. Einige fehlten bereits, ihr Retter schien also nicht mehr der Jüngste zu sein. Anschließend hob er die rechte Pfote, fuhr eine Reihe gut gepflegter Krallen aus und knabberte ein wenig an ihnen herum. «Jeder von uns verdient ein besseres Schicksal.»

Zustimmung murrte es von allen Seiten. Weiter flach an den Boden gepresst, starrte MyaMya zu dem Kater auf. Was war er? Ein Ritter? Ein Philosoph? Vom Äußeren her hätte sie ihn eher für einen Straßenräuber gehalten, so zerzaust stand sein strubbeliges Fell in alle Richtungen ab, so zerbissen waren seine Ohren. Aber etwas in seiner Stimme strahlte Ruhe und Würde aus, anders als ihr roter Angreifer, der Zorn und Bitterkeit versprühte.

«Sie hat unser Revier betreten.» Der Rote schien auf einen Kampf aus zu sein. Er starrte abwechselnd den Dunkelgrauen und MyaMya an. «Das gehört bestraft.»

«Sollten wir nicht besser zusammenhalten?» Gelassen senkte der Graue die Pfoten und musterte den Roten mit durchdringendem Blick. «Wenn wir uns untereinander zerfleischen, hilft das nur den Kläffern und den Großen.»

«Es gibt nicht genug für alle.» Noch immer zuckte der Rote nervös mit dem Schwanz. MyaMya wagte es nicht, ihn anzusehen. «In der weißen Zeit ist das Futter knapp. Was kann sie schon leisten? Mager und verhätschelt, wie sie ist.»

Ich bin nicht verhätschelt, wollte MyaMya ihm entgegnen, aber vor Angst brachte sie nicht einmal ein winziges «Mrpf» zustande. Stattdessen blickte sie zu Boden und hoffte, dass der Retter ihr weiter beistehen würde.

«Ich kümmere mich um sie.» Der Tonfall des Grauen ließ keinen Zweifel daran, dass er bereit war, seinen Worten Taten folgen zu lassen, und sich notfalls auch mit Krallen und Zähnen durchsetzen würde. «Ich zeige ihr, wie sie auf der Straße überlebt.»

Ich will hier nicht leben, hätte MyaMya gern geantwortet. Doch ihr Herz war so schwer und ihre Angst so gewaltig, dass sie nur ein zartes «Danke» herausbrachte.

«Komm, Kleines. Wir suchen uns jetzt was Leckeres zu essen.» Damit stand der Graue auf und ging ruhig auf den Roten zu, der sich ihm grollend in den Weg stellte. «Du hast was gut bei mir, Rotfell.»

Der grollte noch einmal, trat dann aber zur Seite und ließ den Älteren passieren. Langsam und vorsichtig eine Pfote vor die andere setzend schlich MyaMya hinter ihm her. Als sie beinahe an ihrem Widersacher vorbei war, verspürte sie auf einmal einen brennenden Schmerz am rechten Hinterbein, schrie auf und schnellte herum. Der Rote hielt eine Vorderpfote erhoben, zwischen seinen Krallen erkannte sie Fetzen ihres halblangen, hellen Fells. Der Hieb musste durch ihr Schutzhaar bis in die Haut gedrungen sein.

«Ist etwas?» Der Graue wandte sich um und funkelte den Roten an. «Gibt es Ärger?»

«Nein, nein. Alles gut», beschwichtigte MyaMya. Sie wollte nur so schnell wie möglich aus dieser furchtbaren Gasse entkommen. «Vielen Dank.»

«Schon gut. Beeil dich, bevor Rotfell es sich anders überlegt.»

Trotz seines Gewichts und Alters lief der Graue so schnell, dass sie sich beeilen musste, ihn nicht zu verlieren. «Danke», wiederholte sie etwas atemlos, als sie ihn eingeholt hatte. «Warum hast du das getan?»

Der Graue hielt kurz an und musterte sie. «Weil ich Liebe dafür von dir verlange.» Er blinzelte ihr zu. Sein nach Fisch und Müll stinkender Atem trieb MyaMya Tränen in die Augen. «Wenn ich ein warmes Plätzchen für uns gefunden habe», fügte er hinzu.

«Wa… wa… was?» Hoffentlich hatte MyaMya sich verhört. Natürlich waren sie und ihresgleichen nicht so verschämt wie die Menschen, was die körperlichen Genüsse anging. Aber so forsch musste der Graue auch nicht vorpreschen. Sie wusste ja nicht einmal, wie er hieß. «Tut … tut mir leid. Ich bin gerade nicht rollig.» Und außerdem bin ich eine Edeldame, dazu bestimmt, sich mit einem Edelmann zu paaren, nicht mit einem alten Stinker wie dir, dachte sie, war aber klug genug, es nicht laut auszusprechen. Auf keinen Fall wollte sie ihren einzigen Freund in dieser unfreundlichen Gegend verärgern.

«Hey, Kleines, guck nicht so sauertöpfisch.» Spielerisch hob er eine gewaltige Tatze und versetzte ihr einen Hieb auf die Schulter, der MyaMya beinahe umwarf. «War nur 'n Witz. Ich kann keine Kinder machen. Bei mir bist du sicher.»

«Hahaha», antwortete MyaMya höflich. Schließlich wollte sie es sich nicht mit ihrem Retter verderben. «Wo finden wir etwas zu essen? Bitte.»

«Ist noch ein Stückchen.» Damit lief der Graue ihr mit aufgerichtetem Schwanz voran. «Hast Glück, dass ich vorbeigekommen bin. Ist nicht mein Revier.»

O ja, unglaubliches Glück, dachte MyaMya und ärgerte sich erneut über ihre Dummheit, die sie hierhergebracht hatte. Ihre Abenteuerlust war verflogen, und sie wünschte sich nur noch ein warmes Plätzchen und ein wenig zu essen. Und vielleicht eine freundliche Stimme, die auf sie einredete, während eine Hand sanft in ihrem Fell spielte.

«Mieze, komm her. Komm, Mieze.» Als hätte jemand

ihre Wünsche erhört, vernahm sie zum ersten Mal seit langem wieder Laute der Großen. MyaMya stellte den Schwanz auf und lief auf die drei jungen Männer zu. «Komm, Mieze. Wir haben hier was Feines für dich.» Gelächter und Grölen folgten den Worten.

Das ließ MyaMya einen Moment innehalten. Sie blieb stehen, zuckte nervös mit den Ohren vor und zurück, während ihre Schwanzspitze geheimnisvolle Zeichen in die Luft malte. Sie schnupperte. Warum roch sie nichts zu essen, wenn die Großen ihr doch etwas versprachen? Vielleicht befand sich das Futter ja in einer dieser seltsamen Ummantelungen.

«Keine Angst, süße Mieze», schmeichelte die Stimme weiter.

Die Sehnsucht nach Streicheleinheiten übermannte MyaMya, und sie galoppierte auf die drei Großen zu, so schnell sie konnte.

«Komm, Kleines, kriegst was Feines. Nur für dich.» Wieder lachten die Männer, rau und dunkel. Doch MyaMyas Wünsche deckten ihr Misstrauen zu und ließen ihre Instinkte schweigen. Nur noch ein paar Sprünge, und sie wäre bei den Großen. In Sicherheit.

«Halt! Bleib sofort stehen!», fauchte es hinter ihr. Der Streuner. Er rannte ihr nach und schrie sie aus vollen Lungen an. «Bleib stehen, du dummes Ding!»

Der Zorn in seiner Stimme erschreckte MyaMya so sehr, dass sie automatisch die Beine in den Boden stemmte und kurz vor den Großen zum Stehen kam. Einer von ihnen machte einen Sprung auf sie zu und versuchte, sie zu fangen. Mit einer eleganten Bewegung wich sie ihm aus.

Da sprang ihm der Zweite zur Seite und breitete die Arme aus. «Los, komm! Sonst entwischt sie uns!» Nichts erinnerte mehr an die freundlichen Rufe von eben. «Ich will heute meinen Spaß haben.»

So viel Gemeinheit schwang in seiner Stimme mit, dass MyaMya vor Angst erstarrte. Mit aufgerissenen Augen sah sie den Dritten auf sich zukommen, konnte aber keine Pfote regen.

«Schnell! Lauf, so schnell du kannst!» Die Schreie des Katers rissen sie aus der Erstarrung. Bisher hatte der Streuner alles mit einem ironischen Augenzwinkern und einem frechen Grinsen kommentiert. Wenn er derart kreischte, musste etwas Furchtbares drohen.

Ohne zu überlegen, schlug sie einen Haken, täuschte einen Ausbruch nach links vor und lief dann in einem Bogen rechts an den Händen vorbei, die nach ihr greifen wollten. Flach über den Boden geduckt rannte sie auf den Grauen zu, der sich umdrehte und ebenfalls davonlief. Er raste über die Straße, in eine Seitengasse hinein, sprang an einem Mäuerchen empor und kauerte sich in einem Gärtchen hinter einen Busch. MyaMya folgte ihm. Mit pumpenden Flanken saßen sie schließlich eng an die Erde gekauert nebeneinander und lauschten.

«Mist! Das Vieh ist uns entkommen», hörte MyaMya jemanden sagen. Dann Schritte, die vor dem viel zu winzigen Mäuerchen auf und ab liefen. «Suchen wir uns ein anderes.»

Als sich die Schritte endlich entfernten, stieß MyaMya keuchend den Atem aus. «Was sollte das?», fauchte sie den Grauen empört an. Ihr Herz hämmerte gegen ihre Brust, und die Schnurrhaare standen in alle Himmelsrichtungen ab. «Was hast du gegen die Großen?»

«Ich kenne sie.» Sein Gesicht war so ernst wie nie zuvor. Seine Ohren zuckten nach vorn und wieder nach hinten, Wellen liefen über sein Rückenfell. «Es sind böse Männer.»

«Nein!» Wütend richtete MyaMya sich auf und stieß ihn mit der Vorderpfote an. Warum hatte sie sich von dem alten Kater ins Bockshorn jagen lassen und war davongelaufen? Hätte ihre Angst sie nicht regiert, könnte sie jetzt sicher im Warmen sitzen. «Große sind gut. Sie füttern uns. Sie streicheln uns. Sie suchen Leckereien für uns.»

«Nicht alle.» Der Kater machte einen Buckel und wandte sich ab. «Komm.»

«Nein.» MyaMya reckte sich. «Ich werde die Großen suchen.»

Plötzlich sprang der Graue sie ohne Warnung an und stieß ihr in die Seite. Er warf sie mit seinem Körpergewicht um, presste sie zu Boden und knurrte ihr ins Gesicht: «Du hast es so gewollt. Ich bringe dich zu jemandem, der so dumm war wie du. Erst dann gibt es Essen.»

MyaMya zitterte. Sie versuchte, sich aus dem Griff des Grauen zu winden, doch unter seinem zerzausten Fell steckten eisenharte Muskeln. Schließlich drehte sie den Kopf zur Seite und gab auf.

Nach einer Weile ließ der Kater sie los. «Komm mit. Und denk nicht einmal daran, wegzulaufen.»

Eingeschüchtert folgte MyaMya ihm durch Gärten, über Zäune und unter Toren hindurch bis zu einem alten Haus. Die Fenster waren zerbrochen, und es stank nach Abfall und Kot. Zielstrebig sprang der Graue auf eine Fensterbank und kletterte vorsichtig an der zerbrochenen Scheibe vorbei ins Innere. MyaMya sprang ihm hinterher. Drinnen war es dunkel, der scharfe Geruch bohrte sich in ihre empfindliche Nase. Sie atmete flach und starrte in die Schwärze, die den Grauen und sie umgab. Langsam gewöhnten ihre Augen sich an das Dunkel. Endlich erkannte sie eine Vielzahl von Katzen, die hier ihr Lager aufgeschlagen hatten. MyaMya duckte sich. Auf eine Begegnung wie mit der feindseligen Horde im Wald konnte sie verzichten.

«Lange nicht gesehen», erklang eine dunkle Stimme. Aus dem Schatten trat ein prachtvoller Kater hervor. Noch größer als der Graue, mit tiefschwarzem, glänzendem Fell und riesigen gelben Augen. Nur ein fehlendes Ohr schmälerte seine Schönheit. Gelassen trat er auf den Grauen zu und tauschte mit ihm einen Nasenkuss zur Begrüßung. «Was hast du uns mitgebracht? Futter?»

MyaMya sprang auf, sträubte das Fell und fuhr die Krallen aus. Sie würde sich bis zum letzten Atemzug verteidigen, auch wenn sie gegen den gewaltigen schwarzen Kater keine Chance hatte.

«Beruhige dich, Kleine», raunte der Graue ihr beruhigend zu. «War nur ein Witz.»

Ich mag den Straßenhumor nicht, dachte MyaMya im Stillen. Trotzdem ließ sie zu, dass der fremde Kater sie beschnüffelte.

«Die Quäler hätten sie fast erwischt, aber sie glaubt mir nicht», erklärte ihm der Graue leise. «Die Kleine denkt, alle Großen wären unsere Freunde.»

Ein Raunen ging durch die Katzengruppe, wieder und wieder vernahm MyaMya die Worte «die Quäler». Aus einigen Stimmen klang Angst, so tief, dass sich MyaMyas Rückenhaare aufstellten.

«Du hast großes Glück gehabt.» Der schwarze Kater schaute sie prüfend an. Er senkte den Kopf, sodass sie die gezackte Kante sehen konnte, wo früher sein Ohr gewesen war. «Das haben sie mir angetan. Und hätte ich den Großen nicht gebissen, wer weiß …» Schauder glitten über sein Fell, und sein Blick richtete sich in die Vergangenheit.

MyaMya schluckte. Sie schaffte es nicht, die Augen abzuwenden. Der Schmerz musste furchtbar gewesen sein.

«Warum?» Die Frage brannte ihr auf der Zunge. Nur deswegen wagte sie es, den Kater trotz seiner majestätischen Ausstrahlung anzusprechen. «Warum sollte jemand so etwas tun?»

«Weil sie es können.» Mit einem leisen Geräusch landete eine rot-weiße Katze neben dem Kater. Ihr Fell war durch mehrere kahle Stellen verunstaltet, an denen rosige Haut hervorschimmerte. In ihren Augen lag unendlicher

Schmerz, durch den die rot-weiße Katze gegangen war. «Mich haben sie verbrannt. Wieder und wieder. Nur so, zum Spaß. Fast jeder von uns kann dir eine ähnliche Geschichte erzählen.»

«Aber …» MyaMya suchte nach Worten, mit denen sie ihre Zweifel ausdrücken konnte, ohne die Katzen zu beleidigen. «Aber sie haben so freundliche Stimmen …»

«Das Böse gibt sich nicht immer zu erkennen.» Freundschaftlich stupste der Schwarze sie an. Er schien ihr nicht übel zu nehmen, dass sie naiv gewesen war. «Wenn du lange genug auf der Straße lebst, lernst du die Guten und die Bösen auseinanderzuhalten. Meistens. Aber manche von den Schlimmen riechen nicht einmal nach Gemeinheit.»

Ich will gar nicht lange auf der Straße leben, hätte MyaMya gern geantwortet. Aber aus Furcht, ihn und die Katzenkolonie zu beleidigen, schwieg sie. Stattdessen knurrte ihr Magen. Laut und vernehmlich.

«Hast du deinem Gast nichts zu essen gegeben?», wandte sich der Schwarze an den Grauen. Milder Spott schwang in seiner Stimme mit. «Erstaunlich, dass so ein kleines Wesen so knurren kann.»

«Wir waren gerade auf dem Weg zu Angelo, als wir auf die Quäler getroffen sind.» Zum Abschied tauschte der Graue mit dem Schwarzen noch einen Nasenkuss. «Seid vorsichtig. Gute Jagd.»

«Gute Jagd», antwortete es vielstimmig, während der Graue und MyaMya das alte Haus verließen. MyaMya hielt den Kopf nachdenklich gesenkt und trottete dem Kater hinterher.

«Mach dir nicht zu viele Gedanken. Da sind schon Klügere als du auf die Bösen hereingefallen. Man sieht es ihnen ja nicht an», maunzte er schließlich und knuffte sie spielerisch mit der Pfote.

«Wie viele von ihnen gibt es denn?» So viele Fragen schwirrten MyaMya durch den Kopf. So vieles hatte sie in der kurzen Zeit erlebt. Ob das Leben im Wald auch so gefährlich war? «Sind sie wie die Füchse mit dem Schaum vor dem Maul?»

Das hatte sie einmal in dem Kasten gesehen, der ihre Großen so faszinierte. Eine entsetzliche Krankheit, die einen hinterrücks überfiel und zerstörte, bis man nicht mehr wusste, wer man war und nur noch töten wollte. MyaMya hatte aus Angst nächtelang nicht schlafen können.

«Nein. Keine Tollwut. Sie sind nicht krank.» Der Graue klang traurig und enttäuscht, als hätte es in seinem Leben auch etwas Schlimmes gegeben. «Sie sind einfach nur gemein.»

Doch bevor MyaMya ihn weiter ausfragen konnte, schüttelte er sich und blinzelte ihr zu. «Genug davon. Es gibt auch Gute.» In leichtem Trab lief er davon, den Schwanz wie eine Fahne hochgereckt. «Komm mit, ich zeige dir einen.»

MyaMya musste sich anstrengen, dem Kater zu folgen. Wieder einmal wunderte sie sich, wie so ein Zausel so schnell laufen konnte. Vielleicht war er doch noch nicht so alt, wie sie auf den ersten Blick angenommen hatte? Vielleicht hatte ihn das Leben auf der Straße frühzeitig altern lassen. Wer konnte schon sagen, wie sie an seiner Stelle aussehen würde? MyaMya blieb stehen. Das war eine entsetzliche Vorstellung! Nein, das konnte nicht ihr Schicksal sein. Ihre Geschichte musste ein Happy End haben, so wie die, die ihr Großer immer vorgelesen hatte. Ein leiser Klagelaut entkam ihrem Mäulchen.

«Was ist denn?», fragte der Graue. «Hast du so großen Hunger?»

MyaMya konnte nur mit dem Kopf schütteln. Ihr Herz war so schwer, dass sie kein Wort herausbrachte.

«Schnupper mal.» Der Kater reckte den Kopf hoch. Er schloss die Augen und schnüffelte. «Riech nur. Himmlisch!»

MyaMya rümpfte die Nase. Sie roch den Gestank von Abfall und altem Fett und darüber einen Hauch von Salami und Knoblauch. Himmlisch war etwas anderes. Himmlisch roch frisch gekochtes Hühnchen oder eine Scheibe roher Lachs. Ihr lief das Wasser im Mund zusammen, und sie fing an zu kauen.

Er kicherte leise. «Sei nicht so ungeduldig, Kleines. Wir sind gleich bei Angelo.»

Der Graue führte MyaMya zunächst in eine Straße, die von Laternen erleuchtet war, und von dort aus in einen Hinterhof. Hier setzte er sich vor eine Tür und fing herzzerreißend an zu singen. So lange, bis sich die Tür öffnete und ein Mann herausschaute. Schnell sprang der Graue auf und lief ein paar Schritte davon. MyaMya rannte ihm hinterher. Sie würde ihm nicht von der Seite weichen, bis sie das Leben auf der Straße besser verstanden hatte.

«Hau ab, Streuner, und lass dich hier nicht mehr sehen!», brüllte der Große und warf etwas Rundes nach dem Kater, vermutlich einen Stein. «Wir haben kein Essen für Schmarotzer!»

Als ein weiteres Wurfgeschoss folgte, sprang MyaMya blitzschnell zur Seite, galoppierte davon und duckte sich mit nervös zuckendem Schwanz hinter eine Mülltonne. Hatte der Kater nicht von Futter gesprochen?

«Das nennst du freundliche Große?», keuchte sie völlig außer Atem, so schnell war sie vor den Geschossen geflüchtet.

«Das war Angelo.» Der Graue zwinkerte ihr zu. «Sein Chef kann mich nicht leiden, aber Angelo liebt uns.»

«Tolle Art, seine Liebe zu zeigen.» MyaMya schüttelte innerlich den Kopf. So etwas hatte nie in den Geschichten gestanden. Große spielten dort nur eine Nebenrolle, aber hier musste man ständig vor ihnen davonlaufen oder sich von ihnen bewerfen lassen. Und dafür sollte man auch noch dankbar sein. MyaMya sehnte sich auf ihr Kissen zurück und dachte mit knurrendem Magen an ihr wunderbares Futter.

«Na klar. Er wirft mit etwas zu fressen. So stellt er seinen Chef zufrieden und tut uns gleichzeitig etwas Gutes.» Der Graue lief auf die Steine zu. «Win-win-Situation, kapiert?»

MyaMya verstand kein Wort. Sie beobachtete, wie er stehen blieb und an dem seltsamen Stein schnupperte.

«Oh, lecker. Pizzabrötchen.» Mit einer großzügigen Geste kullerte er das Ding zu MyaMya herüber. «Sei mein Gast.»

So was esse ich nicht, wollte sie sagen – aber ihr Magen knurrte so laut, dass sie sich auf den Stein stürzte und ihre Zähne hineinschlug. «Danke», murmelte sie mit vollem Maul.

«Und hier!» Der Graue schob ihr etwas Matschiges zu, das nach Tomate und Salami und Pilzen roch. «Kalte Pizza. Klasse.»

«Sehr nett, aber nein danke.» Inzwischen war sie von dem Pizzabrötchen so weit gesättigt, dass sie ein wohliges Gefühl im Bauch verspürte. Sie würde sich nicht derart herablassen, so etwas Ekliges zu fressen. «Das ist Abfall. Ich bin Besseres gewohnt.» Damit stellte sie die Vorderpfoten ordentlich nebeneinander, schlang mit einer fließenden Bewegung den Schwanz herum und setzte sich aufrecht hin wie eine Statue.

«Wenn du so nobel wärst …», sagte der strubbelige Graue, während er sich auf die Pizza stürzte, «… dann müsstest du dir den Hintern hier nicht abfrieren, oder?»

«Ich verbitte mir …» MyaMyas Ohren zuckten nervös, als sie verzweifelt nach einer passenden Zurechtweisung für den unverschämten Kerl suchte. «Ich verbitte mir eine derart vulgäre Sprache.»

«Ach du jemine, was bist du nur für eine? Wie heißt du

überhaupt?», antwortete der Graue. Dann setzte er sich, hob das linke Hinterbein und kratzte sich ausgiebig hinter dem Ohr. Fragend schaute er MyaMya an.

«Mein Name ist Sandimya vom Wolkendom. Das ist Burmesisch und bedeutet Mondsmaragd. Ich bin eine Heilige Birma.» Sie nickte ihm hochnäsig zu, von der Nasen- bis zur Schwanzspitze ganz die elegante Vertreterin ihrer vornehmen Rasse. «Meine Mutter ist Hla Nyunt, die schöne Blüte von Mandalay.»

«Und ich bin der Weihnachtsmann», lautete die Antwort. Damit konnte MyaMya allerdings wenig anfangen. Der Graue lachte laut. «Feinstes Europäisch Kurzhaar.»

Von dieser Rasse hatte MyaMya noch nie gehört. Allerdings hatte sie anscheinend von vielen Dingen noch nie gehört, zu Hause, umhätschelt und umsorgt in der Sicherheit ihrer Großen. Bevor sie sich eine Antwort überlegen konnte, traf sie etwas auf den Kopf. Dann auf den Rücken, den Schwanz, die Ohren. Hektisch schaute MyaMya sich um. Warf wieder jemand etwas nach ihr? Mehr und mehr kam von oben, kalt und nass legte es sich auf sie und die Straße. Sie sprang zur Seite, doch es half nichts, das Kalte war überall.

«Was ... was ist das?», kreischte MyaMya und hüpfte von einer Pfote auf die andere, um möglichst wenig Berührung mit dem Zeug auf dem Boden zu bekommen. Sie schüttelte sich, aber sofort hüllte neue Kühle sie ein. «Bitte, nimm das weg!»

«Hell. Kalt. Die Großen nennen es Schnee. Ich nenne es

den Weißen Tod.» Ungerührt setzte Weihnachtsmann eine Pfote nach der anderen auf die schneidende Kälte, die nach und nach die ganze Straße bedeckte. Nur ab und zu schüttelte er die Pfoten aus. «Sei froh, dass du mich getroffen hast und ich dir einen warmen Schlafplatz zeigen werde.»

«Wo kommt das her?» MyaMya folgte dem Beispiel des Katers und lief ihm tapfer hinterher, obwohl sie immer wieder anhalten und sich schütteln musste. Zu kalt waren ihr Fell und die armen Pfotenballen.

«Von oben. Jedes Jahr», antwortete Weihnachtsmann. «Beeil dich. Wenn es erst einmal in dein Fell eingedrungen ist, macht es dich krank.»

Zielstrebig lief er durch Straßen und enge Gassen und blieb schließlich in einem Garten vor einem kleinen Haus stehen, dessen Tür nicht verschlossen war. Mit dem Kopf und der Vorderpfote öffnete der Kater die Tür einen Spaltbreit und zwängte sich hindurch. MyaMya zögerte einen Moment. Würden sie aus dem Haus entkommen können, wenn jemand Böses kam?

«Worauf wartest du?» Der Graue steckte seinen Kopf durch den Spalt nach draußen. «Es ist sicher nicht so nobel, wie du es kennst, aber trocken und warm.»

Vor Misstrauen stellte sich MyaMyas Rückenfell auf, aber trotzdem sprang sie mit einem beherzten Satz über seinen Kopf in das Innere des Häuschens. Seltsame Stäbe und Stöcke standen dort, die nach Eisen und Erde rochen. MyaMya rümpfte die Nase und öffnete das Mäulchen, um die Gerüche aufzunehmen.

«Komm hierher.» Weihnachtsmann sprang auf einen Tisch und von dort aus auf eine Kommode, auf der mehrere Decken lagen. Er pfötelte sich einen bequemen Schlafplatz zurecht, dann begann er zu schnurren und schloss genießerisch die Augen. «Nun komm schon. Besser wird's nicht.»

Also sprang MyaMya neben ihn und zupfte sich ebenfalls die Decken zupass. Dankbar spürte sie die Wärme und Weichheit unter ihren Pfoten. Der Graue drehte sich zweimal um sich selbst und ließ sich dann zum Schlafen nieder. MyaMya legte sich neben ihn, schmiegte sich an seinen Kopf und schloss leise schnurrend die Augen.

«Danke», schnurrte sie. «Danke für alles, Weihnachtsmann.»

Überrascht giggelte der Graue in sich hinein. MyaMya öffnete die Augen und zog den Kopf zurück. Irgendwie wurde sie den Eindruck nicht los, dass Weihnachtsmann sich über sie lustig machte.

«Was findest du so witzig?», grollte sie mit gefletschten Eckzähnen.

«Natürlich heiße ich nicht Weihnachtsmann.» Als Friedensangebot schleckte der Kater MyaMya mit der Zunge über die Stirn. «Bist ja ganz hübsch, Kleines, aber nicht sehr schlau.»

«Wie heißt du dann?» MyaMya schüttelte sich, versuchte, mit den Vorderpfoten ihr Stirnfell wieder zu richten, und setzte spitz hinzu: «Oder haben Streuner keine Namen?»

«Meine Mutter taufte mich auf den Namen Dunkel-fell; meine Großen nannten mich Mio.» Als hätte ihre Frage dunkle Erinnerungen geweckt, zuckte er mit dem Schwanz.

«Du hast mit Großen gelebt?», fragte MyaMya ungläu-big. Weihnachtsmann – nein, Dunkelfell – sah aus, als hätte er schon immer auf der Straße gewohnt. Beim besten Wil-len konnte sie sich nicht vorstellen, dass sich jemand so ein struppiges und unfreundliches Tier hielt. «Wo sind sie?»

«Sie sind weggezogen und haben mich zurückgelas-sen», knurrte der Kater. Er kniff die Augen zusammen. «Ich kehrte von einem Revierrundgang zurück, und sie waren fort.»

MyaMya fragte besser nicht weiter. Sie schluckte. Was hatte Weihnachtsmann wohl getan, dass die Großen ihn nicht mehr wollten? Zu ihrer Überraschung gelang es ihr nicht, an ihn als «Dunkelfell» zu denken. Ihre Großen würden sich sicher Sorgen machen und nach ihr suchen.

«O nein!» Vor Verlegenheit begann MyaMya, ihr Ge-sicht zu putzen. «Meine Großen. Sie sind bestimmt ganz krank vor Angst. Ich muss nach Hause.»

«Wo ist denn zu Hause? Kennst du die Adresse?» Täuschte sie sich, oder klang da etwas wie Sehnsucht in seiner Stimme mit?

«Die Adresse? Was ist das?» MyaMya fing derart laut an zu klagen, dass Weihnachtsmann aufsprang und seine Krallen in die Decke schlug. «Ich habe nicht zurückgefun-den.»

Erneut begann Weihnachtsmann, MyaMya besänftigend zu putzen. «Erinnerst du dich gar nicht mehr an den Weg?»

Sie fühlte tiefe Scham in sich aufsteigen. Was war sie nur für eine Katze? Verlief sich wie ein Kitten, das gerade die Augen geöffnet hatte!

«Nein», flüsterte MyaMya. «Ich hatte zu viel Angst.»

«So weit kannst du nicht gelaufen sein», tröstete Weihnachtsmann sie mit kehligem Schnurren. Er leckte über MyaMyas Kehle, dann striegelte er ihr Fell mit seiner Zunge. «Jetzt lass uns schlafen, damit wir morgen deine Großen finden können.»

«Danke.» MyaMya gähnte, kuschelte sich näher an den grauen Kater und schloss die Augen. Wie gut, dass sie Weihnachtsmann über den Weg gelaufen war, der ihr sicher helfen konnte. Ob er wohl etwas mit dem Weihnachten zu tun hatte, von dem ihre Großen so viel sprachen?

«Aufstehen. Wir haben heute viel vor.» MyaMya erwachte, als Weihnachtsmann sie unsanft mit der Pfote anstupste. «Erst gehen wir futtern, und dann suchen wir deine Großen.»

«Angelo?», fragte MyaMya und gähnte verschlafen. Sie hatte so wunderbar geträumt. Von ihrem Zuhause, ihrem Kuschelkissen und einer großen Portion gekochtem Hühnchen. Aber ein Pizzabrötchen war auch nicht zu verachten.

«Nein, Futterplatz.» Genießerisch streckte Weihnachtsmann die Vorderbeine vor und hob das Hinterteil in die Höhe. Dann schob er den Körper nach hinten, um sich ausgiebig zu dehnen. «Wir müssen rechtzeitig da sein. Sonst wird kaum noch was übrig sein.»

MyaMya sprang auf, reckte sich ebenfalls und ließ testweise die Krallen ein und aus fahren. Es konnte nicht schaden, vorbereitet zu sein. Mit einem Satz sprang sie zur Tür und trat hinaus.

Aber an das Weiß hatte sie nicht gedacht. Im Dunkeln musste noch viel mehr davon vom Himmel gefallen sein. Wege, Gärten, Mauern, Bäume – alles war damit bedeckt. MyaMya wagte einen Schritt hinein und jaulte erschrocken auf. Das Helle war so tief, dass ihre Beine darin versanken.

«Stell dich nicht so an», grummelte Weihnachtsmann neben ihr. «Da gewöhnt man sich dran. Die Großen finden's sogar schön und bekommen besinnliche Blicke, wenn alles weiß ist. Pffft.»

Auf Schleichwegen führte der Kater MyaMya zu einem offenen Platz, wo bereits etliche Katzen und Kater aller Farben und jeglichen Alters unter einem Holzdach warteten. Zwei Große näherten sich auf dem rutschigen Schnee mit vorsichtigen Schritten.

MyaMya reckte die Nase in die Luft. Das duftete lecker.

Nicht ganz so gut wie zu Hause, aber besser als das Pizza-brötchen. Sie schnupperte und schnupperte.

«Du keckerst», stellte Weihnachtsmann belustigt fest. Er versetzte ihr spielerisch einen Pfotenhieb, dann drängte er sich zwischen den anderen Tieren hindurch, bis er in der Mitte des Platzes angekommen war. Dort blickte er sich mit schiefgelegtem Kopf nach ihr um. «Na los, Kleine, komm her.»

«Ach, schau mal, Elke, da ist er wieder.» Die eine der beiden Großen, deren Haare beinahe die Farbe des Schnees hatten, beugte sich zu ihm herab und tätschelte Weihnachtsmann über den Kopf. Der Kater schloss die Augen und schnurrte unüberhörbar. «Fütter du bitte die anderen. Ich geb meinem Liebling was. Komm, Musch, Musch, komm.»

MyaMya fiel vor Staunen beinahe um, als Weihnachts-mann der Großen folgte, sich ihr an die Beine warf und dabei lauter und lauter schnurrte. Die Frau stellte eine Schüssel auf den Boden und schaufelte etwas hinein. Mya-Mya begann erneut zu keckern. Sie lief mit hochgereck-tem Kopf und Schwanz zu Weihnachtsmann, der seinen dicken Kopf bereits in das Futter versenkt hatte.

«Hmm, lecker. Thunfisch», schwärmte Weihnachts-mann, das Maul voller Futter. MyaMya konnte ihn kaum verstehen.

«Ach, hast du dir eine Freundin angelacht, Musch.» Die Große beugte sich herunter, um Weihnachtsmann über den Rücken zu tätscheln. «Ich wünsche dir schöne Weihnachtstage, mein Dicker. Aber wir müssen weiter. Elke, kommst du? Wir haben noch drei Futterstellen vor uns.»

Als sich eine dicke weiße Katze und ein schwarz-weiß gefleckter Kater der Futterschüssel näherten, grollte Weihnachtsmann sie an. Erst als er satt war, trat er zurück. Ein Zeichen für die Weiße und den Gefleckten, sich auf das Fressen zu stürzen. MyaMya fauchte und knurrte, aber niemand nahm sie ernst. Also schlang sie schnell drei, vier Bissen in sich hinein und wandte sich dann ab.

«Wer waren diese Menschen?», fragte sie Weihnachtsmann, der sich mit der Zunge die Schnauze leckte. «Warum sagen sie Musch zu dir?»

«Sie nennen sich Katzenfreunde. Sie geben uns Essen, aber ab und zu nehmen sie auch Jungtiere mit.» Der Kater säuberte sein Gesicht mit den Pfoten. «Einige kommen nicht wieder. Andere riechen hinterher anders, nicht mehr nach Kater oder Katze, wenn du verstehst.»

«Sind sie böse?» MyaMya schauderte. War sie gerade wieder einer Gefahr entronnen? Aber das würde ihr Freund doch niemals zulassen, oder?

«Nein, ich glaube nicht, sie denken nur anders als wir. Na los, wir wollen doch dein Zuhause suchen», sagte Weihnachtsmann, bevor er sich erneut in Bewegung setzte.

Nach endlosem Laufen durch das Weiß musste MyaMya schließlich zugeben, dass sie sich überhaupt nicht an den Weg erinnerte. Sie hatte ihr Zuhause nie von außen gesehen. Außerdem war sie die Straße in wilder Flucht vor den Handwerkern entlanggehetzt.

«Ich werde auf der Straße leben müssen.» Sie setzte sich einfach auf den Gehweg. Mutlos ließ sie ihre Schnurrhaare sinken. «Nie wieder wird mich jemand streicheln.»

«Ach, jetzt jammer nicht. Du kannst immer noch ins Tierheim gehen. So Schöne wie du finden schnell neue Besitzer», versuchte Weihnachtsmann, sie zu trösten.

«Ich will keine neuen. Ich will nach Hause», jaulte MyaMya und senkte den Kopf noch ein bisschen tiefer. «Und ich will nie wieder ein Abenteuer erleben.»

«Moment mal», fiel der graue Kater ihr ins Wort. Er starrte den astlosen Baum an, vor dem sie stehen geblieben waren. «Das könnte was sein.»

MyaMya hob den Kopf. Sie erkannte ein Viereck, so hell wie der Schnee, das ziemlich weit über ihnen am Baum hing. Was sollte daran interessant sein? Die Großen hinterließen überall so weiße oder bunte Dinger. Wahrscheinlich markierten sie damit ihre Reviere.

Mit einem Satz sprang Weihnachtsmann an den Baum und zog sich mit seinen kräftigen Muskeln daran hoch. Bei dem weißen Ding angelangt, legte er den Kopf schief und zuckte mit den Schnurrhaaren.

Aus Furcht vor etwas neuem Angsteinflößendem wagte MyaMya nicht, ihn zu fragen, was er dort entdeckt hatte.

Doch dann drehte der Kater sich geschickt um und lief den Baum wieder hinab. Mit einem lauten Plopp landete er neben ihr. Er hob die Tatze und versetzte ihr einen spielerischen Hieb, der sie beinahe umwarf.

«Du hast recht, Kleines.» Er verzog das Maul zu einem Grinsen, was von einem Schwall Thunfisch-Atem begleitet wurde. «Deine Menschen vermissen dich. Sehr sogar.»

«Woher weißt du das?» MyaMya fühlte sich wieder einmal straßenuntauglich. Woher kannte Weihnachtsmann ihre Großen? Wieso war er so sicher, dass sie sie suchten?

«Das weiße Ding ist ein Suchzettel. Sie bieten eine Belohnung für dich», erklärte Weihnachtsmann. Er deutete mit seinem dicken Schädel nach oben. «Da waren sie wirklich fix. Du bist ja gerade mal einen Tag unterwegs.»

«Ein … Suchzettel?» MyaMya kletterte den Baum hoch, so schnell ihre Krallen es zuließen. Enttäuscht starrte sie auf das weiße Ding – wie hatte Weihnachtsmann nur feststellen können, dass ihre Großen sie vermissten? Immerhin konnte sie das Bild von sich erkennen. «Und wieso eine Belohnung?»

«Werde nie verstehen, warum sie die Dinger nicht in Katzenkopfhöhe anbringen», grummelte Weihnachtsmann in seinen gesträubten Schnurrbart. «Da oben liest es doch kaum einer.»

«Du kannst das lesen?» Mit einem Satz sprang MyaMya vom Baum hinunter. «Du kannst mehr verstehen als das Bild?»

«Ja, klar. Kannst du etwa nicht lesen? Sie bieten Geld, wenn man dich findet.» Der Kater musterte sie von oben herab.

«Wo müssen wir hin?» MyaMya trippelte aufgeregt von einer Pfote auf die andere. Ihre Großen hatten sie nicht vergessen. Weihnachtsmann konnte lesen. Bald war sie wieder zu Hause! «Kennst du den Weg?»

«Tut mir leid.» Entschuldigend senkte Weihnachtsmann die Schnurrhaare. «Straßenschilder kann ich nicht erkennen – sie sind zu hoch.»

«Nein! Nein! Nein!», jammerte MyaMya. Sie ließ sich auf die Seite fallen. Sie würde hier liegen bleiben und warten, bis der Weiße Tod sie fand. Jetzt, wo es keine Hoffnung mehr gab. «Lass mich hier liegen. Ich will nicht mehr leben.»

«Na, na. Jetzt übertreib nicht.» Weihnachtsmann stupste MyaMya mit der Nase an. «Ich kenne eine freundliche Große. Die wird eine Lösung finden.»

«Glaubst du wirklich?»

Weihnachtsmann nickte zur Antwort. Dann wandte er sich um und lief ihr wieder einmal voraus.

MyaMya folgte ihm. Sie spürte ein wohliges Gefühl im Bauch. Endlich hatte sie einen Freund. Einen richtig guten Freund. Nur leise mischte sich Wehmut in ihre Freude. Würde sie den Kater wiedersehen, wenn sie wieder bei ihren Großen lebte?

Schließlich schlüpfte Weihnachtsmann durch einen Zaun in einen großen Garten mit hohen Bäumen, die unter der Last des Schnees ächzten. «Hier ist es. Guck, da ist die gute Große.»

MyaMya entdeckte sie hinter einem Fenster. Die Frau schaute hinaus. Als sie die beiden Katzen sah, winkte sie ihnen zu. Dann verschwand sie vom Fenster und öffnete kurze Zeit später die Tür, zwei Näpfe in den Händen.

«Na, Stromer», sagte sie. Ihre Stimme war freundlich, aber das Beste an der Frau waren die Schüsseln in ihren Händen. Bei dem Geruch daraus lief MyaMya das Wasser in der Schnauze zusammen, sie keckerte bettelnd. Der Weg hatte sie hungrig gemacht.

«Hast du eine Freundin mitgebracht?»

Der Kater schlich um die Beine der Großen, und mit einer kräftigen Kopfbewegung markierte er sie als die seine.

«Hier, mein Schöner.» Die Frau bückte sich und stellte die Schüsseln auf den Boden. Dann strich sie Weihnachtsmann über den Kopf. Der Kater hüpfte hoch und schnurrte lauthals. «Frohe Weihnachten, ihr beiden. Guten Appetit.»

Das ließen MyaMya und Weihnachtsmann sich nicht zweimal sagen. Sie stürzten sich auf die Näpfe, als hätten sie nicht erst vor kurzem etwas gefressen.

«Auf der Straße musst du vorfressen, immer, wenn etwas kommt», erklärte Weihnachtsmann MyaMya geräuschvoll schmatzend.

«Na, fütterst du wieder Streuner?», erklang plötzlich eine tiefe Stimme.

MyaMya blickte kurz hoch, bevor sie weiter das Futter

in sich hineinschlang, das besser schmeckte als alles, was sie je zu fressen bekommen hatte. Auch wenn es keine Sahne enthielt und nicht frisch zubereitet war.

«Du weißt doch, dass die Nachbarn sich beschweren», fuhr der Mann fort.

«Heute ist doch Weihnachten», erwiderte die Große. Sie klang nicht so, als müsste sie sich verteidigen, sondern eher, als hätten sie schon oft darüber gesprochen – und als bekäme das Weibchen sowieso immer recht.

MyaMya zuckte nur kurz mit den Ohren und widmete sich weiter ihrem Weihnachtsessen. Was immer dieses Weihnachten auch war, ihretwegen konnte es gern das ganze Jahr weitergehen.

«Sag mal, das ist doch eine Rassekatze neben deinem Stromer. Was macht die denn hier?» Der Große beugte sich zu MyaMya herab. Die duckte sich, bereit, ihr Futter gegen alles und jeden zu verteidigen.

«Du weißt doch, Rasse schützt nicht davor, ausgesetzt zu werden.»

Jetzt hob MyaMya den Kopf und schaute die Frau an. Deren Stimme klang so traurig, fast enttäuscht. Hatten Weihnachtsmann und sie etwas falsch gemacht? Vorsichtig schmiegte MyaMya ihr Köpfchen an das Bein der Großen und maunzte leise.

«Du, ich hab heute einen Zettel gesehen.» Jetzt klang der Mann ganz aufgeregt. «Jemand suchte eine ‹Heilige Birma›, die Rasse war mir aufgefallen. Ich bin gleich wieder da.»

Wo ging er nur hin? MyaMya trippelte nervös auf und ab. Selbst der Hunger war jetzt verschwunden. Weihnachtsmann hingegen schlabberte weiter in der Schale herum, als hätte er seit Tagen nichts gefressen.

«Hey», flüsterte sie dem Kater zu. «Die planen etwas. Machst du dir keine Sorgen?»

«Nein», antwortete er mit vollem Maul. Er würgte seinen Bissen hinunter und sah MyaMya an. «Das sind gute Große. Ich kenne sie.»

Zögernd fraß MyaMya weiter, hob aber immer wieder den Kopf und drehte die Ohren lauschend in alle Richtungen, bis sie die Schritte des Großen näher kommen hörte. Ab da hielt sie sich fluchtbereit.

«Hier! Ich wusste es doch.» Der Mann hielt so einen weißen Suchzettel in die Höhe. «Sie heißt MyaMya und wird seit gestern vermisst.»

Als sie ihren Namen hörte, maunzte MyaMya zweimal, um zu signalisieren, dass sie sich angesprochen fühlte.

«Ja, schau. Das Foto – das ist die Kleine.» Auch die Frau schien jetzt ganz aufgewühlt zu sein. «Ruf du die Leute an. Ich versuche, die Katzen hierzubehalten.»

MyaMya fiepte vor Freude und zuckte nervös mit dem Schwanz. Die zwei hatten sie verstanden und würden ihre Großen anrufen. Bald würde sie wieder nach Hause kommen.

«Hab ich doch gesagt.» Weihnachtsmann leckte ihr über die Stirn. «Meine Freundin sorgt dafür, dass alles für dich gut wird.»

«Und für dich?» Auf einmal fühlte MyaMya sich ganz klein. Jetzt, wo sie endlich einen Freund gefunden hatte, sollte sie ihn bald wieder verlieren. «Was wird aus dir?»

«Mach dir keine Sorgen», brummte der Graue. «Ich komm schon klar.»

Aber etwas an seiner Stimme sagte MyaMya, dass er sie ebenfalls vermissen würde. Sie trippelte von einer Pfote auf die andere, während sie hin und her überlegte. Ihr Zuhause, gutes Fressen und Sicherheit – oder einen Freund?

«Komm!», sagte sie schließlich. «Wir verschwinden.»

«Das ist nicht dein Ernst.» Weihnachtsmann setzte sich auf den Hintern und starrte sie ungläubig an. «Du willst weiter mit mir auf der Straße leben?»

«Ja. Aber mach schnell, bevor ich mich umentscheide.» MyaMya lief in den Garten, nur um festzustellen, dass der Graue auf seinem Hintern sitzen blieb. «Wo bleibst du denn?»

«Nein, Kleines.» Weihnachtsmann schüttelte den Kopf. «Wir warten jetzt auf deine Großen, und dann sehen wir weiter.»

«Aber ... Ich würde dich nie wiederfinden.»

«Ich finde dich. Keine Sorge.»

«Was haben sie gesagt?», fragte die Frau ihren Partner, der zurück zur Tür kam. «Ich fürchte, die beiden gehen gleich stiften.»

«Sie sind in zehn Minuten hier. Und ganz aufgeregt, dass wir ihre Katze rechtzeitig zu Heiligabend gefunden haben.»

«Ein kleines Weihnachtswunder.»

Schicksalsergeben setzte MyaMya sich neben Weihnachtsmann und schloss die Augen. Die Sonne schien ihr auf den Pelz und wärmte sie. Vielleicht war das Leben auf der Straße für ihn doch nicht so schlecht, wie sie gedacht hatte.

«Guten Tag.»

MyaMya sprang auf und lief auf und ab. Die Stimme kannte sie. Ihre Große!

«Wo ist MyaMya? Geht es ihr gut? Wie haben Sie sie gefunden?»

«Sie ist hier draußen. Kommen Sie.»

Mit einem Satz sprang MyaMya der Frau in die Arme und markierte sie, indem sie ihr Köpfchen an ihr rieb. Wie gut sich ihre Große anfühlte und wie angenehm sie roch!

«Ach, Süße, wo bist du nur gewesen?» Sie strich MyaMya über den Rücken und kraulte sie hinter den Ohren, genau an der Stelle, die sie allein nicht kratzen konnte. «Ich habe mir solche Sorgen gemacht. Unsere Heizung war kaputt, und die Handwerker haben nicht aufgepasst.»

«Unser erstes gemeinsames Weihnachten», sagte MyaMyas Großer, der ihr ein Leckerchen hinhielt. «Wir hatten uns so darauf gefreut.»

«Ist ja alles gutgegangen.» Die freundliche Frau strich Weihnachtsmann sanft über den Rücken. «Unser Streuner hat sich um sie gekümmert. Sonst hätte sie wohl keinen Tag auf der Straße überlebt.»

Da drehte MyaMyas Große sich zu ihrem Mann um. Sie

flüsterte ihm etwas ins Ohr. Obwohl MyaMya angestrengt lauschte, konnte sie nichts verstehen. Der Große schüttelte erst den Kopf, aber dann lächelte er und nickte.

«Dann nehmen wir ihn auch mit», erklärte die Große, ging mit MyaMya auf dem Arm vor Weihnachtsmann in die Knie und hielt ihm ihre haarlose Pfote hin. Der Graue schnupperte, dann markierte er sie mit seinem Kopf. «Ich glaube, unsere Kleine hat nur einen Freund gesucht.»

«Das wird kaum klappen», sagte die freundliche Frau etwas traurig. «Ich wollte ihm hier ein Zuhause geben, aber er lebt wohl lieber auf der Straße.»

«Ach, schade. Aber vielen Dank für alles. Komm, Mya-Mya. Wir fahren nach Hause.» MyaMyas Große nahm den Korb, den MyaMya sonst so hasste, weil er immer nur dann hervorgeholt wurde, wenn sie gepikt werden sollte. Aber heute freute sie sich sogar, das Ding zu sehen.

MyaMya schlich einmal um den Korb herum, bevor sie vorsichtig eine Pfote hineinsetzte. «Und du?» Fragend wandte sie sich zu Weihnachtsmann um. «Willst du wirklich allein bleiben?»

Der Kater schwieg.

MyaMya seufzte leise und kletterte in den Korb. Hinten lag ihre Lieblingsmaus. Aber selbst deren vertrauter Geruch ließ ihr Herz nicht leichter werden.

«Rück mal ein bisschen, Kleines», hörte sie auf einmal eine grummelige Stimme hinter sich. Weihnachtsmann schob seinen dicken Kopf in den Transportkorb. «Oder hast du es dir anders überlegt?»

Statt ihm zu antworten, machte MyaMya Platz.

«Sehen Sie. Es brauchte nur die richtige Motivation.» MyaMyas Große lächelte. Sie zog etwas aus ihrer Jackentasche heraus. «Hier ist Ihr Finderlohn.»

«Nein, danke. Das ist unser Weihnachtsgeschenk für Sie», antwortete die katzenliebende Frau. «Kaufen Sie Stromer etwas Schönes davon. Und … es wäre schön, wenn ich ihn ab und zu besuchen könnte. Falls er bei Ihnen bleiben darf.»

«Natürlich. Ohne ihn und Sie hätten wir unsere Mya-Mya niemals wiedergefunden.» Ihre Menschen wechselten einen Blick. «Sie können ihn jederzeit besuchen. Wir würden uns freuen. Fröhliche Weihnachten.»

«Fröhliche Weihnachten.»

Als sie endlich zu Hause angekommen waren, schüttelte MyaMya ungläubig den Kopf. Was war das für ein seltsam stacheliges Gebilde in der Ecke? Ganz vorsichtig schlich sie darauf zu. Sie reckte den Hals, bereit, beim kleinsten Anzeichen von Gefahr sofort zu flüchten.

«Ach, Kleines, das ist ein Weihnachtsbaum.» Weihnachtsmann legte sich auf MyaMyas Kissen und pfötelte es sich zurecht. «Du musst noch ganz schön viel lernen.»

«Was ist denn nun dieses Weihnachten?» MyaMya

stupste das stachelige Etwas an. Es roch nach Grün und Wald und Freiheit. «Warum gibt es dazu auch noch einen Baum und einen Mann?»

«Keine Ahnung. Das lernt man auf der Straße nicht.» Der Graue gähnte, zog die Pfoten elegant unter den Körper und schloss die Augen.

Später, nachdem die Großen etwas gemacht hatten, das sie «Bescherung» nannten, und es Futter für alle gegeben hatte, lagen MyaMya und Weihnachtsmann gemeinsam auf dem Kissen.

«Wirst du immer hierbleiben? Oder zieht es dich wieder auf die Straße?», fragte MyaMya, an Weihnachtsmanns dicken Bauch geschmiegt. Der Kater hatte drei Schalen Futter in sich hineingeschlungen und auch noch MyaMyas Napf bis auf den letzten Krümel geleert.

«Mal sehen.» Weihnachtsmann rülpste leise, bevor er genüsslich die Augen schloss. «Weck mich, wenn's was zu futtern gibt.»

MyaMya begann, sanft das strubbelige Fell des Katers zu glätten. «Guten Schlaf, Weihnachtsmann.»

«Dunkelfell. Mein Name ist Dunkelfell.»

«Für mich bist und bleibst du Weihnachtsmann.»

Der Kater seufzte. «Dann eben Weihnachtsmann. Gute Nacht, Kleines.»

Der Weihnachtsretter

«Er darf in den Keller. Aber nur ausnahmsweise!», sagt Katharina sehr energisch. Sie weiß nur zu gut, was geschehen wird, wenn sie den Bitten ihrer Kinder nachgibt. «Nur, solange er krank ist.»

Sabine, die Älteste, lächelt Katharina so glücklich an, dass sie kurz in Versuchung gerät, nachzugeben und den Kater im Kinderzimmer schlafen zu lassen, wie es ihre Tochter sich wünscht.

«Weil er doch krank ist. Dann kann ich mich besser um ihn kümmern. Im Keller ist es viel zu kalt.»

«Der Kater kann im Heizungskeller schlafen. Da ist es bullig warm.» Auf mehr kann und will Katharina sich nicht einlassen. Nicht vor Weihnachten. Nicht in der Hektik, die ihr bevorsteht.

Schlimm genug, dass sie überhaupt nachgegeben hat. Wenigstens haben die Kinder ihr hoch und heilig versprochen, dass sie für das Tierchen sorgen werden. Und bisher, das muss sie ihnen zugestehen, haben sie Wort gehalten. Aber bisher ist der Kater auch noch ein niedliches Baby, ein schwarzes Fellkügelchen mit weißen Pfoten und weißer Brust. «Weißpfote» haben die Kinder ihn getauft. Er schaut einen so unschuldig aus seinen großen grünen Augen an, dass man ihn einfach kraulen muss. Aber wenn das Kätzchen sich zu einem ausgewachsenen Kater entwickelt, werden die Kinder ihn dann noch kuschelig und süß finden, oder wird die Arbeit an ihr hängenbleiben?

Katharina streicht sich die Haare aus dem Gesicht. Im Kopf geht sie die Aufgabenliste durch, die sie bis zum Heiligen Abend noch abarbeiten muss. Die Füllung für die Gans zubereiten, den Weihnachtsbaum schmücken, die Geschenke für die Kinder einpacken. Wo ist nur die Zeit geblieben?

Am besten fängt sie wohl mit dem an, was ihr Spaß macht. Also öffnet sie die Weihnachtskisten und holt die silbernen und roten Glaskugeln heraus. Sie klemmt die Kerzenhalter an die Tannenzweige, prüft dreimal, ob sie auch fest sind. Schließlich will sie nicht, dass der Baum abbrennt. Rote oder weiße Kerzen? Letztes Jahr hatte sie die weißen genommen, passend zur elektrischen Lichterkette. Dieses Mal ist ihr nach Rot zumute. Nach einer starken Farbe. Ja, das sieht gut aus. So kann es bleiben. Nun noch die Glaskugeln.

Katharina sieht auf die Uhr. Nur noch ein Tag, dann kommt ihre Schwiegermutter zum Weihnachtsbratenessen. Alle Jahre wieder. Als hätte Katharinas Ehemann nicht zwei Schwestern, bei denen die Schwiegermutter reihum Weihnachten feiern könnte. Nein, die halten sich fein raus und lassen sie jedes Jahr allein den Braten zubereiten und für ein schönes Weihnachtsfest sorgen. An die beiden Kinder, die Katharinas Aufmerksamkeit fordern, denkt niemand.

Sie atmet tief aus, während sie überlegt, was noch erledigt werden muss. Morgen steht Großreinemachen auf dem Plan. Die Ecken besonders säubern und darauf achten, dass ja kein Staubkorn liegen bleibt. Für so etwas hat die Mutter ihres Mannes ein Auge. Dem forschenden Blick der alten Dame entgeht nichts. Kein Fussel, keine Falte in der Kleidung der Kinder. Jeder Fleck, jeder noch so kleine Fehler ist für ihre Schwiegermutter der Beweis, dass Katharina nicht gut genug ist. Der Gedanke daran bringt sie so in Rage, dass ihr eine Glaskugel unter den Fingern zerspringt.

«Auch das noch!»

Leise vor sich hin fluchend, beseitigt sie den Schaden. So etwas hat ihr gerade noch gefehlt. Sie ist sowieso schon zu spät dran mit dem Abendessen. Punkt fünf kommt Sebastian von der Schicht nach Hause, da sollte das Essen auf dem Tisch stehen. Das kennt er so von seiner Mutter. Ach, was soll's. Dann gibt es heute etwas Schnelles. An Weihnachten wird es mehr als genug zu essen geben.

«Dürfen wir Weißpfote aus dem Keller holen, bis wir ins Bett müssen?», bettelt der kleine Joachim nach dem Abendessen. Fragend blickt er Katharina aus seinen großen braunen Augen an. «Morgen ist doch Weihnachten.»

Katharina sieht von ihrem Teller auf und schüttelt den Kopf, doch ihr Ehemann mischt sich ein.

«Na klar. An Weihnachten können Tiere schließlich sprechen.» Sebastian zwinkert seinem Sohn zu.

Katharina seufzt unhörbar auf. Kann er sich nicht wenigstens einmal an die Absprachen halten? Nachher muss sie wieder die Böse sein, die das arme Katerchen in den dunklen Keller verbannt.

«Aber er darf nicht ins Wohnzimmer. Lasst ihn auf keinen Fall in die Nähe vom Weihnachtsbaum», schiebt sie mahnend hinterher, aber da sind die Kinder bereits verschwunden. Während Katharina den Tisch abräumt, hört sie nur noch «Weißpfote, guck mal», «Weißpfote, komm», «Kater, Musch, Musch». Gut, dass sie ein so geduldiges Kätzchen bekommen haben, das sich durch nichts aus der Ruhe bringen lässt. Sie hält einen Augenblick inne und betrachtet das friedliche Bild. Die Kinder liegen einträchtig nebeneinander auf dem Teppich. Die Hände haben sie unter dem bunten Läufer versteckt und bewegen sie auf und ab, und Weißpfote springt jedes Mal mit Begeisterung auf den Hügel, den er wohl für eine gewaltige Maus hält. Als sie aus dem Wohnzimmer die Titelmelodie der Tagesschau hört, schaut sie erschrocken auf die Uhr.

«Jetzt aber ab mit euch ins Bett. Vorher Zähne putzen

nicht vergessen.» Durch den lautstarken Protest ihrer beiden lässt sie sich nicht erweichen. «Weihnachten ist erst morgen. Lasst den Kater hier. Ich bringe ihn nachher nach unten.»

Leise murrend gehen die Kinder in ihre Zimmer.

Ein bisschen regt sich doch Katharinas schlechtes Gewissen, wenn sie daran denkt, dass der kleine Kater nachts einsam im Keller ausharren muss. Bei dem Bauern, von dem sie ihn geholt haben, hatten die Katzen Familienanschluss und schliefen in einem Korb neben dem großen Küchenofen. In seinem neuen Zuhause musste Weißpfote so lange im kalten Schuppen übernachten, bis er anfing zu niesen. Aber eine Katze in der Wohnung? Das macht nur Dreck.

Apropos Dreck. Katharina lässt den Kater spielen und geht in die Küche. Das Geschirr wäscht sich ja nicht von allein.

«Ich geh noch mal um den Block.» Ihr Mann steckt den Kopf zur Küchentür herein. «Oder brauchst du hier Hilfe?»

«Lass mal. Ich schaff das schon.» Katharina hört die Haustür hinter Sebastian zuklappen. Sie seufzt, als sie die dreckigen Teller, Gläser und Töpfe sieht, die in der Küche auf sie warten. Aber lieber jetzt aufräumen, als am nächsten Tag in eine Küche kommen, in der sich das Geschirr stapelt. Schließlich muss sie sich morgen auf die Weihnachtsgans konzentrieren, damit die Schwiegermutter nichts zu meckern findet. Obwohl das niemals gelingen wird. Irgendetwas entdeckt sie immer.

«Miörp», ertönt es auf einmal leise, als sie die Teller in die Geschirrspülmaschine räumt. Überrascht schaut Katharina auf. Auf der Arbeitsplatte steht der Kater und mustert sie mit schiefgelegtem Kopf. Spielerisch schlägt er mit der Pfote nach einem Teller.

«Na, du passt gut in die Familie», rutscht es Katharina heraus. «Du guckst auch gerne zu, wenn andere arbeiten. Jetzt aber runter mit dir.»

«Miöp», lautet die Antwort. Der Schwarze gähnt sie an, streckt seinen Hintern in die Luft und bildet einen eleganten Bogen mit dem Schwanz. «Miiiiöp.»

Vorsichtig nimmt sie den kleinen Kerl und setzt ihn auf dem Fußboden ab.

«Mörg?» Er blickt sie schräg von unten an, als würde er sie etwas fragen.

«Willst du schon wieder etwas essen, du Vielfraß?» Sie schüttelt den Kopf. Schließlich hat der Kater schon zwei Schälchen Katzenfutter geleert. Ganz zu schweigen von dem Hackfleisch, das sie ihm heimlich zugeschoben hat, weil doch bald Weihnachten ist. «Oder langweilst du dich?»

«Möff.» Ob das nun ja oder nein heißen soll, ist Katharina schleierhaft. Immerhin antwortet er, wenn man ihn etwas fragt. Das kann man nicht von jedem in der Familie behaupten.

«Gib mir noch zehn Minuten, bis ich den Spüler eingeräumt habe.» Katharina streicht dem Schwarzen über den Kopf. Er reckt sich ihrer Hand entgegen und beginnt zu schnurren wie der Elektromotor der Eisenbahn, die Joachim letztes Jahr zu Weihnachten bekommen hat. «Dann spiele ich ein bisschen mit dir.»

Schnell sortiert sie die letzten Tassen weg, gießt das Spülpulver ein und stellt die Maschine an. Die ganze Zeit hat Weißpfote sie nicht aus den Augen gelassen. Er ist artig auf dem Boden sitzen geblieben und hat nur sehnsüchtig zur Arbeitsplatte hochgesehen. Mit einer Katzengeduld, denkt Katharina.

«Na komm, jetzt machen wir zwei es uns gemütlich», sagt sie schließlich und nimmt das Katerchen auf den Arm. Sofort kuschelt es sich an sie und schließt die Augen. Was für ein Vertrauen so ein kleines Tier in Menschen hat!

Vorsichtig trägt sie Weißpfote ins Wohnzimmer. Dort drückt sie den Stecker der Lichterkette in die Steckdose und setzt sich mit dem Kater auf dem Arm in ihren Lieblingssessel vor den Tannenbaum. Ein schöner Baum, nur ein bisschen krumm an der Spitze, aber durch den großen goldenen Stern fällt das kaum auf. Im Halbdunkel des großen Zimmers, das nun nur durch die Kerzen am Christbaum erleuchtet wird, streichelt sie den Schwarzen und lauscht seinem Schnurren. So sollte Weihnachten sich anfühlen.

Als Katharina den Schlüssel im Schloss der Haustür hört, fährt sie auf. Ist sie wirklich eingeschlafen? Weißpfote liegt auf ihrem Bauch und schnarcht leise. Wohl eine Folge seiner Erkältung.

«So, jetzt ab mit dir nach unten.» Katharina steht auf und geht zum Kellereingang, öffnet die Tür und setzt den Kater dort ab. Der schaut sie über die Schulter an. Fragend und ein wenig vorwurfsvoll, scheint ihr. «Tut mir leid, Kleiner, das muss sein.» Sanft stupst sie ihn an.

«Lass ihn doch oben schlafen. Was kann er schon anstellen?» Sebastian ist durch den Flur gekommen und gibt ihr einen Kuss auf die Wange.

«Huh, kalt.» Katharina schüttelt sich. «Stell dir nur mal vor, wenn er die Vorhänge hochklettert!»

«Die Luft riecht nach Schnee. Wenn wir Glück haben, gibt's doch noch weiße Weihnachten», sagt Sebastian. Er zieht die Jacke aus und hängt sie an den Garderobenhaken. «Ich geh ins Bett. Gute Nacht.»

Katharina pustet noch im Wohnzimmer die Kerzen aus, dann putzt sie sich schnell die Zähne. Als sie ins Schlafzimmer kommt, schnarcht Sebastian schon. Aber nach zehn Jahren Ehe ist sie daran gewöhnt und kann trotzdem einschlafen. Den Wecker braucht sie nicht zu stellen, sie wird sowieso jeden Morgen um Punkt halb sieben wach, wenn Sebastian zur Arbeit geht und die Kinder in die Schule müssen.

«Schatz, das habe ich ganz vergessen. Britta wird heute Abend auch dabei sein», sagt Sebastian am folgenden Nachmittag und gibt ihr einen Kuss, bevor er Getränke und frische Brötchen fürs Abendessen kaufen geht. «Das Essen reicht doch für eine mehr, oder?»

Wie vom Donner gerührt, starrt Katharina ihm nach. Das kann er nicht ernst meinen! Nicht seine ältere Schwester. Die ihn nach Strich und Faden verwöhnt und immer noch «Sebastianchen» nennt, obwohl er inzwischen Mitte dreißig und Familienvater ist. Nicht ihre Schwägerin, deren flinke Augen jedes Schmutzfitzelchen finden und die stets mit spitzem Mund zu verstehen gibt, wie ungezogen und frech sie die Kinder findet. Schwägerin und Schwiegermutter zum Weihnachtsessen – wie soll man da in friedvolle Stimmung kommen?

Katharina seufzt. Am liebsten würde sie alles hinwerfen. Davonlaufen. Sicher, Weihnachten ist das Fest der Familie. Aber wo steht geschrieben, dass die Familie sich nur mit erwartungsvollen Mienen an den gedeckten Tisch setzt und Katharina allen das Essen reichen muss? Soll doch Sebastian selber kochen, wenn er seine Mutter und seine Schwester unbedingt um sich haben möchte. Was würden die wohl sagen, wenn es nachher nichts zu essen gäbe? Die Gans roh, die Kartoffeln ungeschält, der Rotkohl noch im Glas und die Zutaten für den Weihnachtspunsch auf dem Tisch. Und Katharina wäre einfach nicht da. Die Blicke würde sie gern sehen. Ein Lächeln zieht über ihr Gesicht, aber nur kurz. Was würden die Kinder denken?

Für sie wird Katharina auch dieses Jahr wieder in den sauren Apfel beißen und sich erst dann über Weihnachten freuen, wenn es endlich vorbei ist. Wenn alle anderen gesättigt auf dem Sofa sitzen und Sekt trinken, während sie noch die Küche aufräumt. Wenn Schwägerin und Schwiegermutter gegangen sind und es zu keinen größeren Katastrophen gekommen ist.

Wird das Essen reichen? Katharina öffnet die Herdklappe und holt die Gans heraus. Es ist ein gewaltiges Tier. Davon sollten sechs Menschen wohl satt werden. Aber sicherheitshalber wird sie noch ein paar Beilagen mehr kochen.

Sie öffnet die Kellertür und steigt die Treppe hinab, um in den Vorratsraum zu kommen, wo der Rotkohl und der Kloßteig stehen. Einen Augenblick wundert sie sich, dass Weißpfote ihr nicht entgegenkommt, aber dann füllen die Planungen für das Fest ihre Gedanken wieder aus.

«Rotkohl, Klöße, Birnen und Preiselbeeren», murmelt sie vor sich hin, während sie die Regale absucht. Mit vollen Händen kehrt sie in die Küche zurück, wo sie alles auf der Arbeitsplatte abstellt. Doch bevor sie die Dosen öffnet, dringt ein leises Flüstern an ihr Ohr. Es kommt aus dem Wohnzimmer und klingt so bemüht leise, dass Katharina sofort misstrauisch wird und nachsehen geht.

«Weißpfote, komm. Weißpfote, bitte komm!» Katharinas Tochter kniet in der Ecke, wo der Weihnachtsbaum steht. «Wir kriegen beide Riesenärger.»

Katharina seufzt. Sie will sich gar nicht ausmalen, was

der Kater angestellt hat. Ein Kater und ein verführerisch glitzernder Weihnachtsbaum, Kugeln, Lametta, eine Lichterkette – wahrscheinlich konnte der Kleine sich nicht entscheiden, wonach er zuerst mit seinen Krallen angeln sollte. Oder hat er etwa einen Kerzenhalter heruntergerissen?

«Was ist passiert?» Katharina erschrickt selbst über den harschen Misston, der in ihrer Stimme mitschwingt. «Was hat er kaputt gemacht?»

«Gar nichts!» Sabine sieht aus wie das personifizierte schlechte Gewissen. Sie wagt es nicht einmal, ihrer Mutter ins Gesicht zu sehen. «Er ... ich ... also ...»

«Was ist passiert?», wiederholt Katharina. Obwohl sie sich bemüht, kann sie den strengen Unterton in ihrer Stimme nicht unterdrücken, der sagt, dass sie ohnehin schon zu viel zu tun und keine Zeit für die Streiche eines Katers hat. «Was macht der Kater im Wohnzimmer? Er sollte doch im Keller bleiben.»

«Es tut mir leid. Ich wollte ihm nur den Tannenbaum zeigen, weil doch Weihnachten ist und Tiere da reden können.» Sabines Unterlippe zittert verdächtig.

Dieses Kind! Katharina seufzt in sich hinein. Die Schuldgefühle überwältigen sie, weil sie sich wegen des Festes kaum Zeit für ihre Kinder nehmen kann. «Das sind doch nur Märchen. Wie die Geschichte vom Weihnachtsmann. Dafür bist du doch schon zu groß.» Warum hat sie das nur gesagt? Jetzt fließen Sabines Tränen. Und das eine Stunde bevor die unerwünschten Gäste eintreffen werden. «Wo ist der Kater? Bring ihn wieder in den Keller. Bitte.»

«Er ist mir abgehauen.» Vor Aufregung kann Sabine kaum sprechen und bekommt einen Schluckauf. «Ich … ich glaube, er ist den Stamm hochgeklettert.»

«Das fehlt gerade noch.» Vor Katharinas innerem Auge laufen Katastrophenbilder ab. Ein Kater, der den Weihnachtsbaum umwirft. Zerplatzende Kugeln, zerfetzte Lichterketten, Tannennadeln auf Teppich, Sofa, Sesseln und den bunten Tellern. «Wie ist er denn dahin gekommen?»

«Er ist doch noch so klein», schnieft Sabine. «Ich glaube, er traut sich jetzt nicht mehr herunter.»

Katharina kniet sich vor den Baum. «Was frisst er so gern, dass wir ihn damit herauslocken können?», überlegt sie laut. Aus der hintersten Ecke funkeln ihr zwei grüne Augen entgegen. Wenn sie die Weihnachtstanne zur Seite schiebt, wird sie nadeln, und die Kerzen und Strohsterne und Kugeln könnten herunterfallen. Das kann sie nicht riskieren. «Miez, Miez, komm!»

Der Kater rührt sich nicht. Stur bleibt er in seiner Ecke sitzen, als wüsste er, dass dort niemand an ihn herankommt.

«Es tut mir so leid. Das wollte ich nicht.» Wieder fließen Tränen.

«Das hilft uns jetzt auch nicht weiter.» Kaum hat Katharina die scharfen Worte gesagt, beißt sie sich auf die Unterlippe. «Geh mal in die Küche und hol ein bisschen Gehacktes.»

Schon beim Rascheln des Zellophanpapiers, in das der

Metzger immer das Hackfleisch einwickelt, stürzt der Kater hinter dem Weihnachtsbaum hervor wie ein schwarzer Blitz. Mit angelegten Ohren galoppiert er an Katharina vorbei schnurstracks in die Küche. Sie folgt ihm und schließt rasch die Tür zum Wohnzimmer.

Mit einem Bröckchen Fleisch lockt sie Weißpfote in den Keller und schließt auch hier die Tür. Noch einmal davongekommen.

Dann erklärt sie den Kindern, wie wichtig es ist, die Türen zum Keller und zum Wohnzimmer geschlossen zu halten, damit der Kater nicht ausbrechen und alles verwüsten kann. Klägliches Miauen begleitet ihre Worte. Unglaublich, dass so ein kleines Tier so laut jammern kann.

«Sperrt ihn bitte im Heizungskeller ein», sagt Katharina abschließend.

«Dürfen wir dann fernsehen?», fragt Joachim. «Es ist noch soooo lange bis zur Bescherung.»

«Aber nur, wenn ihr nichts durcheinanderbringt.» Katharina schaut wieder auf die Uhr. Jetzt muss sie schnell den Rotkohl aufsetzen, den Tisch decken und sich umziehen, damit sie nicht aussieht wie eine Küchenfee, wenn die Verwandten kommen.

Ein letzter Blick in den Spiegel, Katharina streicht sich über die Haare. Ja, so sieht sie festlich aus. Da klingelt es auch schon. Sie streckt ihrem Spiegelbild die Zunge heraus, setzt ihr Weihnachtslächeln auf und geht, die Gäste zu begrüßen.

«Wie waren die Zeugnisse?», fragt die Tante als Allererstes, nachdem sich alle einen guten Abend und ein schönes Fest gewünscht haben. Als hätte sie das nicht längst von ihrer Mutter erfahren.

«Geht doch schon mal ins Esszimmer. Ich bereite die Gans vor», übergeht Katharina die Frage. «Sebastian, fragst du bitte, was jeder trinken möchte, und holst die Getränke aus dem Keller?»

In der Küche füllt Katharina den Rotkohl in zwei Schüsseln, die Kartoffelklöße in eine dritte und schließlich noch Kartoffeln in die vierte.

«Zeigt mir doch mal den Weihnachtsbaum», fordert ihre Schwiegermutter die Kinder auf. Warum kann sie sich nicht einfach hinsetzen und bis zur Bescherung warten? Schlimmer als Sabine und Joachim!

Katharina hört Sebastian aus dem Keller heraufpoltern. Aus dem Augenwinkel sieht sie, wie etwas an ihm vorbeihuscht. Nein, das kann nicht sein. Die Kinder haben den Kater ja in den Heizungskeller gesperrt.

«Sabine! Joachim!», ruft sie in Richtung Esszimmer. «Kommt bitte und holt das Essen.»

Katharina öffnet die Ofentür. Ein heißer Schwall kommt ihr entgegen. Die Gans riecht so gut, dass ihr das Wasser im Mund zusammenläuft. Vorsichtig holt sie den Bräter aus dem Ofen. Sie platziert die Gans auf der größten Platte, die sie hat, und dekoriert den übrigen Platz neben dem Vogel mit Bratäpfeln und Birnen mit Preiselbeeren.

Dann atmet Katharina laut aus, streckt den Rücken durch, nimmt die Platte und bemüht sich wieder um ein Lächeln. Schließlich ist Weihnachten.

Überraschenderweise verläuft das Essen friedlich. Schwiegermutter und Schwägerin loben Gans und Rotkohl, sogar die Klöße – wirklich, selbst gemacht, ja, das schmeckt man. Aber trotzdem fühlt Katharina sich beobachtet, fürchtet immer wieder, dass sie von der Seite angeschossen wird, wenn sie ein wenig aus der Deckung geht. Hoffentlich kommt nicht wieder die leidige Zeugnisfrage auf. Sabines Noten sind in ihrem zweiten Schuljahr schlimm eingebrochen. Sie mag die neue Klassenlehrerin nicht. Aber Katharina ist sich sicher, dass ihr die Schuld dafür gegeben wird.

«Bescherung, bitte! Bescherung!» Sabine hält es nicht mehr aus und springt auf.

«Erst helft ihr mal eurer Mutter, den Tisch abzuräumen», sagt die Tante mit spitzer Stimme. «Nur brave Kinder bekommen etwas vom Weihnachtsmann.»

«Das hätten wir sowieso gemacht», muffelt Joachim und schneidet ihr heimlich eine Grimasse. «Das machen wir doch immer.»

«Schon gut. Lasst mal. Ihr helft mir mehr, wenn ihr mit Vati die Kerzen am Baum anzündet.» Katharina trägt die

Reste der Gans in die Küche. Demonstrativ nimmt jedes Kind eine Schüssel und folgt ihr. Selbst Sebastian bringt die aufgestapelten Teller hinaus. Katharina mustert das Tischtuch: Rotkohlflecken und Bratensoße verschandeln das Weiß. Nun muss sie eine neue Tischdecke auflegen.

Aber vorher räumt sie das Geschirr in den Spüler, die Gans in den Herd und deckt Rotkohl und Klöße mit Zellophanfolie ab. Nachdem alles erledigt ist, bleibt sie noch einen Augenblick in der Küche und genießt die Ruhe. Aber es hat keinen Zweck. Sie muss sich der Bescherung und der Verwandtschaft stellen.

Plötzlich hört sie ein explosionsartiges Niesen. Und noch eins und noch eins. Katharina runzelt die Stirn und eilt aus der Küche. Hat sich ein Kind erkältet? Beim Essen sahen doch alle noch gesund aus. Im Wohnzimmer angekommen, kann sie sich nur mit Mühe das Lachen verkneifen.

«Habt ihr etwa eine Katze?» Das Gesicht der Tante ist gar nicht mehr hager und spitz, sondern rot und aufgequollen. Alle paar Minuten explodiert ein gewaltiger Nieser, der sie am ganzen Körper schüttelt. «Doch wohl nicht im Haus?»

«Im Keller.» Katharina schaut die Kinder strafend an. Die heben die Schultern und blicken ahnungslos zurück, die Gesichter reine Unschuldsmienen. «Eigentlich lebt er im Schuppen, aber weil er erkältet ist, durfte er in den Keller.»

«Das hättet ihr mir doch sagen müssen.» Die Tante keucht und schnieft und niest. «Ich bin hochgradig allergisch gegen Katzen. Das Tier muss hier irgendwo sein.»

«Habt ihr den Kater nicht vorhin in den Heizungskeller gesperrt?» Wieder schaut Katharina ihre beiden an. Dieses Mal senken alle den Blick – sie muss gar nicht erst weiterfragen.

«Also gut, dann suchen wir jetzt gemeinsam.» Katharina weist jedem Familienmitglied einen Platz zu, und sie durchforsten das Wohnzimmer. Kein Kater zu sehen. Weder hinter dem Sofa noch unterm Weihnachtsbaum oder den Sesseln.

«Tut mir leid.» Entschuldigend hebt Katharina die Hände. «Kein Kater hier. Vielleicht haben die Kinder noch Tierhaare an der Kleidung.»

«Was auch immer, ich kann hier keine Sekunde länger bleiben!», konstatiert die Tante zwischen zwei Niesern. «Mutti, wir gehen. Sebastian, fährst du uns bitte nach Hause?»

«Meinst du nicht, es wird gleich besser?», fragt Katharina, weil es sich so gehört, aber hinter dem Rücken kreuzt sie die Finger. «Wo doch der Kater gar nicht hier ist.»

«Ich will nichts riskieren.» Die Tante steht schon im Flur, einen Arm bereits im Mantel. «Fröhliche Weihnachten. Danke für alles. Ihr könnt ja morgen zu Mutti zum Kaffee kommen.»

«Ja ... danke ... fröhliche Weihnachten», antwortet Katharina völlig verdutzt. Bisher war sie immer für das Familien-Kaffeetrinken zuständig gewesen. «Kommt gut nach Hause.»

Kaum ist die Tür hinter Sebastian, seiner Schwester und seiner Mutter ins Schloss gefallen, bewegen sich die Polster des Sofas. Gebannt beobachten Katharina, Sabine und Joachim, wie sich erst ein weißes Pfötchen zwischen den Kissen hervorschiebt, dann ein zweites und schließlich ein schwarzer Kopf.

«Miörp?» Weißpfote schaut vom einen zum anderen und gähnt herzhaft. «Miörp?»

«Ich fass es nicht.» Katharina bricht in lautes Lachen aus. «Das … das hat er noch nie gemacht.»

Die Kinder stürzen sich auf den Kater und balgen sich darum, wer ihn auf den Arm nehmen darf. Verschreckt verschwindet der Kleine erneut in den Tiefen des Sofas.

«Mensch, wir hätten uns auf ihn draufsetzen können.» Sabine schüttelt den Kopf. «Ab jetzt müssen wir immer vorsichtig sein und das Sofa abklopfen, bevor wir uns hinsetzen.»

«Wie ist er denn ausgebüxt?», fragt Sabine. «Wir haben ihn jedenfalls nicht rausgelassen.»

«Vati. Als er Saft und Wasser geholt hat», fällt Joachim die Erklärung ein. «Da ist Weißpfote wohl weggelaufen.»

«Warum hast du nichts gesagt?» Katharina weiß nicht, ob sie lachen oder sich ärgern soll. «Der Kater sollte doch nicht nach oben.»

«Na ja, weil Oma und Tante Britta da waren.» Der Junge schaut sie unglücklich an. «Habe ich was falsch gemacht?»

«Nein, nein. Alles richtig», sagt Katharina und nimmt ihre Kinder in die Arme. «Wir warten jetzt auf Vati, und dann ist Bescherung.»

Endlich kehrt Sebastian zurück. «Na, das war ja ein Ding. Wusste gar nicht, dass Britta so allergisch gegen Katzen ist.» Er schüttelt den Kopf. «Dabei war der Kater nicht einmal im Zimmer … Was ist denn?» Erstaunt sieht er Katharina und die Kinder an, die in lautes Gelächter ausgebrochen sind.

«Einen Moment.» Katharina geht in die Küche, öffnet die Kühlschranktür und raschelt mit dem Zellophanpapier. Da hört sie ein «Das gibt's doch nicht!» aus dem Wohnzimmer, und es dauert keine fünf Sekunden, bis jemand neben ihr «Miörp?» sagt und aus großen grünen Augen zu ihr aufschaut.

«Miörp?», wiederholt das Katerchen, schnieft, niest und legt den Kopf schief.

Den Kindern sagt sie immer, sie sollen ihm nichts zwischen den Mahlzeiten geben. Aber was soll's? Schließlich ist Weihnachten. Katharina nimmt ein bisschen Gehacktes und legt es auf einen Unterteller. Mit zwei Bissen schlingt er die Leckerei in sich hinein.

«Mutti! Komm! Bescherung!»

Den Rufen kann sie sich nicht entziehen. Also nimmt sie Weißpfote auf den Arm und geht mit ihm ins Wohnzimmer. Dort setzt der Kater sich brav hin und beobachtet, wie sie die Geschenke auspacken. Mit Schwung springt er in das Geschenkpapier, zerreißt es mit seinen winzigen Krallen und versucht, das Geschenkband zu fressen. Er hüpft hoch, dreht sich im Sprung und saust zwischen den Papierbergen hindurch.

Einige Stunden später gähnt Sabine herzhaft. Sie hat müde Augen, heute wird sie wohl nicht bis Mitternacht wach bleiben. «Das ist bisher das schönste Weihnachten», flüstert sie Katharina zu.

Auch Joachim sieht aus, als ob ihm die Augen gleich zufallen. Sebastian schnarcht schon längst auf dem Sofa, Weißpfote liegt auf seiner Brust und wird von den Schnarchern durchgerüttelt.

«Na los, ab mit euch ins Bett. Morgen ist auch noch Weihnachten.» Katharina drückt ihre Kinder und weckt ihren Ehemann mit einem Kuss. «Aufstehen zum Ins-Bett-Gehen.»

Sebastian murmelt eine Antwort, reibt sich schlaftrunken die Augen und erhebt sich, sodass Weißpfote davonspringt und hinter dem Weihnachtsbaum verschwindet.

«Geht ihr ruhig schlafen», ruft Katharina ihrer Familie zu, bevor sie sich auf Hände und Knie niederlässt. «Ich suche den Kater. Gute Nacht.»

«Gute Nacht», erklingt es müde und vielstimmig

Allein zurückgeblieben, wartet Katharina noch zehn Minuten, bis sie in die Küche geht und einen Fingerbreit Gehacktes auf eine Untertasse legt. Als sie zurückkommt, sitzt der Kater vor dem Weihnachtsbaum, den Schwanz elegant um die Vorderpfoten gelegt. Erwartungsvoll schaut er sie an.

«Miarp!», begrüßt er sie.

Katharina stellt die Untertasse auf dem Tisch ab und hebt das Katerchen hoch, sodass sie sich beide in die Augen sehen. Das Tier erwidert ihren Blick ungerührt. «Bist du ein Weihnachtsengel?»

«Mörp!» Der Kleine blinzelt mit den Augen. Zufall – oder will er ihr etwas sagen?

«Ausnahmsweise darfst du heute hier oben schlafen.» Vorsichtig streichelt Katharina über den schmalen Rücken. Der Kater schließt die Augen und schnurrt. Viel lauter, als man es von so einem zarten Tierchen erwarten würde. «Aber nicht im Wohnzimmer. Dich und Lametta will ich lieber nicht in einem Raum wissen.»

«Maruff!» Empört strampelt das Katerchen sich frei. Es springt auf den Fußboden und schaut erwartungsvoll zum Tisch hoch. «Mäng.»

«Hier, du Weihnachtsheld», sagt Katharina. «Das hast du dir redlich verdient.»

«Mirag. Mirag. Mirag.» Ganz aufgeregt streicht Weißpfote um ihre Beine, als hätte er jedes Wort verstanden. Er
blinzelt Katharina noch einmal zu, bevor er das Mäulchen
im Futter versenkt, so wie jede Katze es tut, auch wenn sie
nebenberuflich als Weihnachtsengel arbeitet.

Linus Langnase und
das Geheimnis
der verschlossenen Türen

Linus Langnase verstand die Großen nicht. Warum schlugen sie Löcher in Mauern, damit man hindurchgehen konnte, um dann wieder etwas, das sie «Tür» nannten, davorzustellen, sodass man doch wieder vor einer Mauer saß und die Welt nicht entdecken konnte? Und als wäre das nicht seltsam genug, gab es Türen, die immer offen standen, Türen, die nur an manchen Tagen offen standen, und Türen, um deren Öffnung man bitten musste.

«Schau nur, was für ein genügsamer Kater er ist.» Wieder die freundliche Stimme. Sie gehörte zu der Frau, die ihm alle Mauern öffnete und geduldig wartete, bis er alles erkundet hatte. Auch jetzt entriegelte sie die Mauer für ihn. «Er sitzt brav da und hofft darauf, dass ich ihn in den Flur lasse. Nicht so ein Gemähre wie bei den anderen.»

Linus Langnase streckte die Nase heraus, dann den Kopf und schließlich die Pfoten. Er vergewisserte sich,

dass keine Gefahr drohte, dann sprang er mit einem großen Hüpfer hinaus. Auf der anderen Seite der Mauer war
die Welt grau und roch unerfreulich. Scharf und künstlich. Linus zog die Lippen hoch und nahm alle Gerüche in
sich auf. Nein, hier gab es nichts zu entdecken. Also setzte
er sich hin und wartete, bis die Große wieder die Tür für
ihn öffnete.

Er trottete zu den anderen Katern, mit denen er zusam-
menlebte, und fragte sie nach dem Geheimnis der Mauern.
Sie schauten ihn zweifelnd an und drehten sich weg. Er
setzte sich wieder vor die Tür und wartete.

Das konnte doch nicht alles gewesen sein? Dahinter
musste doch irgendetwas stecken. Linus Langnase wollte
nicht glauben, dass die beweglichen Mauern einfach nur
ohne Sinn existierten. Er hatte ein wenig Zeit benötigt,
um zu verstehen, wie die Sache funktionierte. Wenn man
sich lange genug vor eines dieser Hindernisse setzte und
es anstarrte, kam die Große und öffnete es. Immer nur
das Weibchen. Ob es ein Teil des Geheimnisses war, dass
Männchen niemals etwas für ihn öffneten?

«Ach, Linus, was willst du nur immer auf dem Flur?»,
kam ihre Stimme aus immenser Höhe. Sie bückte sich,
um ihm über den Kopf zu streichen. «Draußen ist nur die
kalte Treppe. Und es riecht nach Putzmitteln. Dass dir das
besser gefällt als die Wohnung ...»

Linus schmiegte sich in ihre Hand und markierte sie so
mit seinem Duft. Dann stand er auf, reckte sich nach vorn,

streckte sich nach hinten und lief die Stufen hinab. Er lief nach unten und wieder nach oben und wieder nach unten. Langweilig. Also setzte er sich vor die Tür und starrte sie an, wie er es immer tat. Nach einer langen Zeit, als er schon hungrig und müde wurde und begann, sich Sorgen zu machen, ob die Große ihn vergessen hätte, öffnete sich die Mauer wieder für ihn.

«Ach, Lini-Bärchen», sagte die Frau und trat einen Schritt zur Seite, damit er an ihr vorbeigehen konnte.

Linus Langnase streckte eine Pfote aus und reckte sich und setzte die zweite Pfote hinterher und machte sich ganz lang.

«Linus-Bär. Du musst dich melden, wenn du wieder reinwillst.»

Danach beobachtete Linus Langnase die anderen Kater und fand schnell heraus, dass die Großen auf Maunzen sehr gut reagierten. Er sagte «Miuf», wenn er hinaus-, und «Miahm», wenn er wieder hineinwollte. Allerdings klappte es nicht immer.

«Lass doch die Kater nicht ständig raus. Sie holen sich nur irgendwelche Krankheiten im Flur.» So hieß es immer, wenn der Mann da war. «Die Wohnung ist groß genug.»

«Aber wenn sie doch gerne rauswollen. Obwohl ich nicht weiß, was Linus auf der Treppe so spannend findet.»

Linus schätzte die Große mehr als das Männchen. Sie steckte ihm öfter etwas Leckeres außer der Reihe zu und öffnete ihm jedes Mal die Tür, wenn er sie darum bat. Wie sollte sie auch verstehen, was Linus Langnase anzog? Seine Welt der Geräusche und der Gerüche blieb ihr verborgen, das hatte er bald erkannt. Wie sollte jemand so Eingeschränktes seinen Entdeckerdrang nachvollziehen können? Schon als Kitten war er gerne auf Reisen gegangen. Linus schloss die Augen und versank in seinen Erinnerungen.

«Mama, Langnase haut schon wieder ab», hatte einer seiner Brüder oder Schwestern ihn gemeinerweise jedes Mal verpetzt, wenn er sich auf den Weg machte, die Welt zu erkunden.

Jedes Mal hatten Streifenfell, Großohr und Langfell ihn angeschwärzt, sodass Langnase nur selten seinem Wunsch nachgehen konnte. Auch das *böse Ereignis* hielt ihn nur kurz davon ab, die Grenzen seines Reviers immer wieder zu überschreiten.

«Junge», seufzte Mama. «Du weißt doch, Neugier ist der Katzen Tod!»

«Wer sagt das?», fragte Langnase und schnurrte, während seine Mutter ihm das Gesicht putzte.

«Kluge Kater sagen das», antwortete sie seufzend. «Ich weiß es von Kleinpfote dem Ersten, der jemanden kennt, der jemanden kennt, dessen Sohn gestorben ist, weil er so neugierig war. Also bleib zu Hause. Da ist es sicher.»

Sie sollte nicht recht behalten. Seine Neugier hätte Linus beinahe die Freiheit geschenkt, denn er war gerade auf Entdeckungsreise gewesen, als die Großen gekommen waren, um seine Familie zu holen.

Aber als er seine Geschwister voller Panik schreien hörte, konnte Langnase nicht wegbleiben. Ganz hoch klangen ihre Stimmen. Selbst die beruhigenden Worte der Mutter kamen nicht gegen die Angst der Kleinen an. Da konnte Langnase doch nicht in seinem Versteck bleiben. Wild fauchend griff er die Großen an. Und so hatten sie ihn auch gefangen und in eine Kiste gepackt, die sie in etwas furchtbar Lautes steckten, das stank und ratterte und ihn und seine Familie so schnell bewegte, dass alles um ihn herum zu bunten Farben verschwamm. Langnase drückte sich ganz vorn ans Gitter der Kiste, starrte hinaus und fragte sich, was dort wohl alles zu entdecken wäre. Seine Geschwister hielten die Augen geschlossen und machten sich ganz klein, um dem Unheimlichen zu entgehen.

So waren Langnase und seine Familie an einen erstaunlichen Ort geraten. Dort gab es viele seiner Art und viele Große, die ihnen Futter brachten und sie streichelten. Letzteres allerdings nur selten. Viele Tiere wollten dortbleiben, lagen den ganzen Tag in der Sonne herum und prügelten sich ab und zu, um nicht vollkommen der Faulheit anheimzufallen. Aber Langnase reichte das nicht. Es musste doch mehr geben. Eine Welt außerhalb der Mauern, die nur darauf wartete, von ihm entdeckt zu werden. Er musste nur Geduld haben.

Ab und zu stellte Langnase sich schlafend und lauschte den Großen. Er wunderte sich, warum er sie so gut verstand, während sie nicht ein einziges Wort seiner Sprache kannten. Noch ein Geheimnis, das er lüften musste.

«Schau ihn dir an, den Schwarz-Weißen», sagte eine der Großen und strich Langnase über den Kopf. Ganz sanft, genau wie er es mochte. Trotzdem wich er zurück, als sie sein Ohr berührte. Beide Ohren juckten, seit Tagen schon. Alles Kratzen half nichts. Selbst unter Einsatz der großen Kralle gelang es ihm nicht, das Jucken zu beenden. «Was für ein freundlicher Kater, mit allem zufrieden.»

«Warum bleibst du immer so lange bei ihm? Er lässt sich doch gar nicht gerne streicheln.» Die zweite Große tätschelte Langnase nur kurz, dann ging sie weiter.

«Weil er mir leidtut.» Ganz vorsichtig, mit zwei Fingern, strich die andere über Langnases Kopf. Er streckte sich wohlig und schnurrte leise. «So ein netter Kerl, und wird wohl sein ganzes Leben hier verbringen.»

«Warum?»

«Schau ihn dir an. Er ist kein Kätzchen mehr, hat keine besondere Farbe und einen viel zu dünnen, gebrochenen Schwanz. Und er ist zurückhaltend.» Ein leises Seufzen begleitete ihre Worte, und Langnase fühlte sich, als hätte gerade jemand sein Schicksal beschlossen. «Hier nimmt sich kaum jemand die Zeit, hinter die Fassade zu schauen.»

Von dem Tag an war Langnase aufmerksamer gewesen. Er beobachtete, wie andere Tiere kamen und gingen. Fremde Große schauten sie an und nahmen einige von ihnen mit. Die jungen, die hübschen, die von edler Herkunft. Nur wenige teilten Langnases Schicksal und blieben für eine lange, lange Zeit – weil sie zu alt waren, zu scheu oder in den Augen der Großen nicht schön genug.

Allerdings konnte Langnase nicht verstehen, warum die freundliche Große so traurig geklungen hatte. Ihm ging es doch gut. Er hatte hier Freunde, es gab viel mehr zu essen, als er sich wünschen konnte, und er musste nicht fürchten, dass jemand ihm Schmerzen zufügte. Nur das Geheimnis der Türen wollte er gerne lösen: Zwei Mauern öffneten sich für ihn und ließen ihn in die Sonne, die dritte blieb verschlossen. Aber er konnte warten.

«Katerchen. Ein Wunder!» Ganz aufgeregt klang die freundliche Große eines Tages. Sie nahm ihn hoch, was Langnase mit einem «Maff» kommentierte. Er schätzte es nicht, festgehalten zu werden. Das erinnerte ihn an die schlimme Zeit, die er lieber vergessen wollte. «Mein Süßer, dein Leben wird sich bald ändern.»

Nachdem Langnase ein bisschen gezappelt hatte, setzte sie ihn wieder auf den Boden.

«Du musst jetzt nur noch einen Chip bekommen und die Impfung. Dann müssen wir Flugpaten finden, und schwups bekommst du ein neues Zuhause. In Deutschland, weit weg.» Sie ging in die Knie und kraulte Langnase unter dem Kinn. «Bedank dich bei Balou. Der arme Kerl hatte so viel Angst vor der Spritze, dass wir ihn nicht impfen konnten.»

Langnase verstand zwar ihre Worte, aber den Sinn begriff er nicht. Was war impfen? Wo war Deutschland?

Die Große gab ihm einen freundlichen Klaps auf die Schulter. «Und einen Namen brauchst du. Was hältst du von Linus?»

Langnase merkte, dass sie ihm etwas Wichtiges sagen wollte. Ein Schauder durchlief ihn von der Nasen- bis zur Schwanzspitze. Etwas würde sich ändern, da war er sich ganz sicher. Ein Kater spürte das.

Als die Große ihn allerdings in den hellen Raum brachte, der so scharf und beißend nach Angst roch, bereute Linus Langnase, dass er sich gewünscht hatte, in seinem Leben solle etwas Spannendes geschehen. Es gab einen scharfen Piks und etwas Kaltes in die Ohren.

«Das sollte gegen die Milben helfen.»

Langnase schüttelte sich zweimal, leckte die Stelle, wo der Kerl ihn gezwickt hatte. Was für seltsame Wesen die Großen waren. Warum hatte das Männchen ihn nur gebissen? Sie hatten keinen Streit um Futter oder den besten Schlafplatz gehabt. Langnase gähnte, putzte ein letztes Mal die Bissstelle, dann schlief er ein.

Zwei Sonnenaufgänge später kam die freundliche Große wieder zu ihm und hielt ihn fest, obwohl er es nicht mochte. Nicht, seitdem ihn die Großen festgehalten hatten, als er noch ein Kitten gewesen war. Nie würde er den Schmerz vergessen, als sie ihm das Schwänzchen zweimal gebrochen hatten. Danach war es nicht mehr so gewachsen, wie es sollte, sondern dünn und krumm geblieben, wofür ihn die anderen Kater verspotteten.

«Krummschwanz», hatten sie gehöhnt.

«Rattenschwanz», hatten sie gemaunzt.

«Langnase mit dem dünnen Schwanz», waren sie lachend um ihn herumgetanzt, immer knapp außerhalb der Reichweite seiner Krallen.

Aber Linus hatte bald gelernt, nur das zu hören, was er hören wollte. Da er einfach weiterschlief oder aß oder in die Ferne schaute, wenn sie ihn «Kurzschwanz» nannten, hörten die anderen irgendwann damit auf.

Siebzehn Nächte lebte er jetzt schon hier bei dem Schwarzen, der sich für den Chef hielt, und seinem weiß-schwarzen Bruder, der sich vor dem eigenen Schatten fürchtete, und bei dem dicken Grau-Weißen, der eine große Klappe hatte, aber ganz schnell verschwand, wenn der Schwarze drohend die Ohren anlegte.

Und bei den Großen. Zwei waren sie, ein Männchen und ein Weibchen.

Und Mauern gab es hier, viel mehr als bei seinem alten Zuhause. Dahinter verbargen sich Geheimnisse, da war sich Langnase sicher.

«Warum stehst du immer vor den Türen, Kleiner?» Der

schwarze Kater mit dem weißen Brustfleck stellte sich neben Linus Langnase und musterte ihn. «Wenn sie sich öffnen, ist da doch nichts Interessantes. Nur das Draußen, fremd und dunkel und kalt und gefährlich.»

«Das Draußen ist übel», stimmte der dicke Grau-Weiße zu, «hier geht es uns gut.» Dann fauchte er den Schwarzen an – die beiden mochten sich nicht.

Der setzte sich hin und knabberte desinteressiert an einer Kralle, ohne den Dicken einer Antwort zu würdigen.

«Ich weiß. Aber willst du nicht wissen, was hinter der Mauer ist?», fragte Linus.

«Ich habe draußen gelebt, auf der Straße.» Der Grau-Weiße senkte die Stimme. Ein Schauder glitt über sein Rückenfell. «Da gab es für mich nur Hunger. Und Kälte.» Er drehte sich um und eilte davon, bevor der Schwarze mit dem Schärfen seiner Krallen fertig war. Beim Laufen wackelte der Bauch des Grau-Weißen von einer Seite zur andern. Ihm schien es hier mehr als gut zu gehen.

«Er hat recht.» Der Schwarze gähnte und streckte sich. «Hier ist es gut. Es gibt auch andere Große.»

«Aber bist du denn nicht neugierig?» Langnase legte den Kopf schief. Er kratzte sich mit der Hinterpfote am Ohr, wie immer, wenn er lange und intensiv nachdachte.

«Neugier ist der Katzen Tod», flüsterte eine heisere Stimme hinter ihm. Langnase schaute sich um und entdeckte den großen weiß-schwarzen Kater, der sich meistens unter einem der Schränke versteckt hielt. «Wichtig ist, alle Verstecke zu kennen.» Damit zog er den Kopf zurück und verschwand im Dunkel des Schranks.

«Also, Kleiner, noch mal.» Der Schwarze zeigte seine frisch geschärften Krallen.

Sicherheitshalber trat Langnase zwei Schritte zurück. Ein roter Striemen an seiner linken Nasenseite bezeugte, wie schnell der Schwarze zuschlagen konnte, wenn man ihn reizte.

«Was erwartest du hinter der Mauer?»

«Ich … ich habe keine Ahnung», musste Langnase eingestehen. Er konnte es dem anderen nicht begreiflich machen. Wenn der schwarze Kater es nicht spürte, dann konnte Linus es ihm auch nicht erklären. Aber er versuchte es trotzdem, weil er ihn nicht verärgern wollte. «Ich weiß, dass sich einmal eine Mauer öffnen wird und ich etwas Wunderbares dahinter finden werde. Da bin ich mir ganz sicher.»

«So jung bist du doch gar nicht mehr. Wunder gibt es nicht. Hinter Mauern sind nur Menschen oder Gefahren. Gewöhn dich dran.» Demonstrativ gähnend wandte der schwarze Kater sich ab.

Linus Langnase widersprach nicht, obwohl er es besser wusste. Hinter der einen Mauer zum Beispiel befand sich ein ganz besonderes Reich. Mit einem Ungeheuerding, das laut brüllte und sich rüttelte, und weicher Wäsche, die manchmal nach Großen roch und manchmal scharf und schneidend, wie er es nicht mochte. Dann musste er sich schnell darauflegen, damit das Weiche seinen Geruch annahm. Und Futter gab es hier, ganz viel. Jeder andere Kater wäre zufrieden gewesen, aber Langnase musste erst das Geheimnis der Mauern entschlüsseln, bevor er sein Leben genießen konnte.

Dann kam der Tag, an dem sich eine neue Tür vor Langnase verschloss. Ausgerechnet zu dem Ort, zu dem er sonst jederzeit Zugang gehabt hatte, er und die anderen. Warum nur wunderte sich keiner von denen?

«Die Mauern gehen auf, die Mauern gehen zu», sagte der Grau-Weiße und gähnte. «Wichtig ist, dass es Futter gibt.»

Linus Langnase trippelte aufgeregt vor der verschlossenen Tür auf und ab. Er konnte die Großen dahinter reden hören, lachen und scherzen. Was geschah dort? Die anderen Kater konnten ihm nichts sagen, nur dass die Menschen sich einmal jedes Jahr seltsam benahmen und nur noch von einem redeten: Weihnachten. Für Kater und Katzen aber bedeutete es nichts. Es war so eine Großen-Sache, die ihnen verschlossen blieb – wie die Mauern.

Linus war müde. Wie gerne hätte er jetzt ein Schläfchen eingelegt, aber er fürchtete, dass genau dann jemand die Tür öffnete und er niemals herausfinden würde, was sich dahinter verbarg. Also ließ er sich auf den Boden fallen, streckte sich aus und schloss die Augen. Die Ohren hielt er gespitzt und lauschte auf jedes Geräusch hinter dem Hindernis. Endlich, endlich hörte er, wie sich Schritte näherten und sprang auf. Die Nase hochgestreckt, stellte er sich direkt vor die Tür. Als sie aufging, wollte Linus hineinstürmen, aber …

«O nein, mein Schnuckel. Vergiss es.»

Die Große öffnete die Mauer nur einen Spalt und schob sich so geschickt heraus, dass Langnase keine Möglichkeit sah, an ihr vorbeizugelangen. Also setzte er sich hin, gähnte demonstrativ und kratzte sich hinter dem rechten Ohr. Er konnte warten. Wenn Kater eins konnten, dann das.

«Na komm, Süßer. Es gibt was zu essen», versuchte die Große, ihn von der Tür wegzulocken.

Futter, völlig außerhalb der Zeit? Das musste etwas zu bedeuten haben. Linus Langnase war sich sicher, dass es irgendwie mit den geheimnisvollen Geräuschen und den seltsamen Gerüchen zusammenhing.

Dann öffnete auch der Mann die Mauer, kam heraus und warf jedem der Kater ein Kissen zu, das anregend nach Baldrian duftete. «Frohe Weihnachten, Jungs.»

«O nein. Nicht die Stinkdinger», protestierte die Große und rümpfte die Nase. «Das riecht, als hätte sich einer in der Ecke übergeben.»

«Aber sie mögen es doch so gerne. Sieh nur!»

Mit einem Riesensatz schnappte sich der Grau-Weiße ein kleines Kissen und warf sich damit auf den Rücken. Er hielt das Stinkeding zwischen den Vorderpfoten und schleckte es voller Wonne ab. Der Schwarze dagegen ging würdevoll zu seinem Geschenk, nahm es ins Maul und verzog sich damit in eine Ecke. Bald hörte man laute Schlabbergeräusche, die Linus dem eleganten Kater gar nicht zugetraut hätte. Selbst der furchtsame Schwarz-Weiße raste zu den Kissen, zerrte eins mit der Pfote heran und hielt es fest, um es genüsslich abzulecken.

Nur Linus Langnase interessierte sich nicht allzu sehr für die Dinger, auch wenn ihn der Baldrianduft verführerisch in der Nase kitzelte. Sollte das alles gewesen sein? Nein, hinter der geheimnisvollen Tür musste es noch mehr geben, sonst hätten die Großen ihn sicher durchgelassen. Langnase setzte sich und wartete.

Endlich, endlich öffnete sich die Mauer! Linus Langnase galoppierte mit hochgerecktem Schwanz in das Zimmer. Jetzt würde er das Geheimnis lüften! Doch dann blieb er enttäuscht stehen. Alles sah aus wie immer! Aber nein, halt. Dort hinten – was war das?

Vorsichtig schlich er durch den Raum, in die Ecke, in der ein seltsames, stacheliges Ding stand, das fremd und angenehm roch.

«Schau, Lini-Bär geht zum Weihnachtsbaum. Als ob er wüsste, dass er ein Extra-Geschenk bekommt.»

Linus Langnase hörte das Lächeln in den Worten der Großen. Kurz musterte er sie. Manchmal hoffte er, dass es ihr eines Tages gelingen würde, ihn zu verstehen. Aber Menschen hatten einfach schrecklich wenige Instinkte und verstanden kaum ein Wort.

«Dann lassen wir ihn nicht zu lange warten.» Auch ihr Partner klang freundlich. «Lini, komm mal her.»

Aber Linus Langnase spazierte weiter, als würde er die

Worte nicht verstehen. Er traute dem Großen nicht. Nicht, weil der ihn je schlecht behandelt hätte, sondern weil das Misstrauen der schlimmen Zeit noch in ihm steckte. Da waren Große gewesen, jung noch, aber schon als männlich zu riechen. Nein, daran wollte er nicht denken. Er wollte den Augenblick genießen, die wenigen Tage, die ihm hier vergönnt waren. Mit sehr gutem Futter, viel Platz für sich und Menschen, die immer Zeit für ihn fanden. Jedenfalls fast immer.

Aber auch ohne sein Misstrauen wäre er dem Locken des Mannes nicht gefolgt. Das seltsame Ding in der Ecke war einfach zu interessant. Es war riesig, größer noch als die beiden Menschen. Es duftete nach Freiheit und Weite, nach Regen und Sonne und nach etwas, das Linus Langnase noch nie gerochen hatte.

«Nicht dass er an den Weihnachtsbaum pinkelt.» Die Große klang etwas besorgt.

Das ärgerte Langnase. Als hätte er jemals etwas anderes benutzt als die in der Wohnung verteilten Toiletten! Schade nur, dass die Großen Steine auf Langnases Lieblingsplätze gelegt hatten – die mit der angenehm weichen Erde und dem Grün in der Mitte.

«Lini-Bär, sei bloß vorsichtig. Der Baum ist nicht so stabil. Da hätte jemand genauer hinsehen sollen, als er ihn gekauft hat», sagte die Frau etwas spitz.

Vorsichtig zog Linus Langnase den Kopf zurück und näherte noch behutsamer seine Nase dem Ding. Als er näher kam, bohrte es spitze Krallen in sein Maul, als wünschte es nicht, dass man seine Geheimnisse ergründete. Aber Linus Langnase wäre nicht Linus Langnase, hätte er sich von so kleinen Widerständen bremsen lassen. Vorsichtig drehte er den Kopf, bis er sich aus den Krallen befreit hatte, und schob sich weiter und weiter näher in das Zentrum des seltsamen Dings. Mit angelegten Schnurrhaaren schnupperte er an der braunen Stange in der Mitte.

Harziger Saft, von dem der seltsam angenehme Duft ausging, rann daran herab. Neugierig hob Linus Langnase eine Pfote und tunkte sie hinein. Igitt, das klebte. Wild schüttelte er sich, um das eklige Zeug so schnell wie möglich wieder loszuwerden. Aber nichts da. Das Kleberding haftete an ihm fest. Überrascht machte Linus Langnase einen großen Satz zurück.

«Lini! Nein!», schrie die Große, mittlerweile echte Panik in der Stimme. In dem Moment griff das Ding ihn an, schneller, als Linus Langnase es bei so einem großen Gegner je für möglich gehalten hätte. Erschreckt fuhr er hoch, drehte sich im Sprung um und lief, so schnell ihn seine Pfoten trugen, in das sichere Zimmer nebenan. Aus dem Augenwinkel sah er noch, wie der Mann aufsprang und auf das Ding zustürzte. Er hatte mehr Mut, als Langnase gedacht hätte. Aber den Ausgang des Kampfes wollte er lieber nicht abwarten.

Außer der Reichweite des Dings, verschwand er unter dem Bett und duckte sich tief ins Dunkel. Mit gespitzten Ohren lauschte Langnase, was der Angreifer wohl als Nächstes tun würde.

«Oh, verdammt! Ich hab's ja gleich gesagt: keine Glaskugeln», sagte der Mann.

«Mit den anderen ist es doch immer gutgegangen», erwiderte die Frau traurig. «Wie viele haben überlebt?»

«Die meisten. Aber wir haben zwei tote Weihnachtsmänner und einen schwerverletzten Schneemann.» Der Große musste gegen das fremde Ding gewonnen haben. Seltsam nur, dass man gar keine Kampfgeräusche mehr gehört hatte. «Der Sturz hat dem Schneemann den Hintern zerstört. Wenn du die Figur geschickt aufhängst, merkt das keiner.»

«Vielleicht sollten wir alle Glaskugeln abhängen und die ollen Plastikdinger wieder vorholen?»

Linus Langnase kroch ein bisschen weiter vor und lauschte. Hmm, auch keiner der anderen Kater war geflohen. Was sich wohl in dem Zimmer zutrug? Neugier und Angst kämpften in ihm. Aber Linus Langnase wäre nicht Linus Langnase, hätte die Angst gewonnen. Er krabbelte ganz unter dem Bett hervor, schüttelte sich einmal und stellte sein Rückenfell auf. Mit ein bisschen Anstrengung plusterte er auch seinen Schwanz auf. Jetzt sah er bestimmt doppelt so groß aus als sonst.

«Ach du je, guck dir mal Lini an», kicherte die Frau. «Er hat sich selbst einen ziemlichen Schreck eingejagt. Alles gut, Lini-Bär.»

Der Mann ging an Linus vorbei zum sicheren Zimmer und verschloss die Tür.

Linus Langnase schaute sich aufmerksam um, konnte

aber keine Gefahr mehr entdecken. Das seltsame Ding stand wieder starr und leblos in der Ecke, als hätte es Linus niemals angegriffen. Trotzdem schlug er einen großen Bogen darum und musterte das Wesen aus den Augenwinkeln, stets sprungbereit. Dreimal flanierte er daran vorbei, ohne dass der Angriff wiederholt wurde. Gewonnen, dachte Langnase, und beschloss, das Ding zukünftig großmütig zu ignorieren.

«Komm mal mit, Lini-Bini.» Obwohl er diese seltsamen Spitznamen nicht schätzte, folgte Linus der Großen, bis sie vor der geschlossenen Tür zum sicheren Zimmer standen. Verwirrt blieb er stehen. Diese Mauer war doch sonst nie zu. Angst wallte in ihm auf.

«Nun komm schon, Süßer. Dir passiert nichts.» Vorsichtig öffnete sie die Tür und ließ ihn ein. Mitten auf dem Bett entdeckte er ein riesiges Kissen, das noch neu roch, das noch kein anderer Kater markiert hatte und das wunderbar weich aussah. Linus Langnase hielt inne und schaute sich um. Wo waren die anderen? Sonst war der Schwarze stets der Erste, der sich jedes Kissen schnappte. Und wenn es ihm nicht gelang, dann pinkelte er eben später darauf, um seinen Anspruch geltend zu machen.

«Komm, Linus.» Einladend klopfte die Frau auf das Bett. «Komm, mein Schatz. Das ist dein Kissen.»

«Er begreift's wohl nicht.»

Linus Langnase zuckte zusammen, als der Große hinter ihm auftauchte. Er war so sehr in seine Überlegungen versunken gewesen, dass er ihn nicht bemerkt hatte.

«Lini, na komm schon.» Wieder klopfte sie auf das Bett. Langnase nahm Anlauf und sprang mit einem Satz neben sie. So wie er es immer machte, wenn das Männchen nicht da war und das Bett nur ihnen beiden gehörte – ihnen und den anderen Katern.

«Frohe Weihnachten, Linus. Schau, das ist dein Kissen. Da steht sogar dein Name drauf.» Sie strich ihm vorsichtig über den Kopf, sparte aber die Ohren aus, die immer noch juckten, und kraulte seinen Nacken, genau wie Langnase es mochte.

«Na ja, lesen kann er wohl eher nicht, oder? Aber es scheint ihm zu gefallen.» Obwohl der Große ihnen kopfschüttelnd zusah, schien auch er sich zu freuen.

Linus Langnase beschnüffelte das Kissen, hob eine Vorderpfote und setzte sie prüfend auf den Stoff. Nicht zu hart und nicht zu weich. Exakt wie er es mochte. Das Kissen roch noch neu und fremd, aber wenn er lange genug sein Schläfchen darauf hielt, würde es bald angenehm nach ihm duften. Und wehe, einer der anderen wagte es, sein Kissen zu benutzen!

«Frohe Weihnachten, Linus.» Die Frau strich ihm über den Rücken. «Jetzt bist du endlich zu Hause.»

Linus Langnase rollte sich ein und schloss zufrieden die Augen. Er musste nachdenken. Auch wenn er noch nicht alle Geheimnisse gelöst hatte, war er doch einen wichtigen Schritt weitergekommen: Hinter einer verschlossenen Mauer konnte sich Weihnachten verbergen. Und Weihnachten hieß, dass man ein Zuhause bekam, in dem man für immer bleiben konnte. Ein Zuhause mit einem eigenen Kissen und genug Futter und freundlichen Großen, die einander immer wieder «Frohe Weihnachten» wünschten. Was das nun wieder zu bedeuten hatte, würde er herausfinden, wenn er ein ausgiebiges Schläfchen auf seinem Kissen hinter sich gebracht hatte.

Das Kätzchen unterm Tannenbaum

Dieses Jahr wollte Gottfried auf einen Tannenbaum verzichten. Nicht nur auf den Baum – auf das ganze Fest. Ein Tag wie jeder andere sollte es für ihn werden. Sollten die Nachbarn ihre Leuchtsterne vor die Tür hängen und Tannenzweige mit künstlichem Schnee dekorieren. Er würde gar keinen Schmuck benutzen. Die Kisten mit der Weihnachtsdekoration standen im Keller, und da würden sie in diesem Jahr auch bleiben.

Zu sehr schmerzte die Erinnerung an Elke. Daran, dass sie jedes Jahr zur Weihnachtszeit die alte Krippe aufgestellt und die Räuchermännchen aus dem Erzgebirge und die Lichterbögen in alle Fenster verteilt hatte. Bunte Häuser, Hirsche vor einer Futterraufe aus heller Birke, ganz zu schweigen von den Weihnachtsengeln unterschiedlichster Größen und Materialien, die sich auf jedem Tisch fanden, und den Weihnachtsmännern, die sich an einem goldenen Band von der Decke abseilten.

Jedes Jahr war es mehr geworden. Sein Beitrag hatte

sich darauf beschränkt, kurz vor Heiligabend den richtigen Baum zu finden. Nie war es ihm gelungen. Mal war die Tanne zu buschig, mal zu hager, mal zu klein, dann wieder zu groß, zu schief gewachsen oder zu gerade. Und dieses Jahr … Jetzt gab es keine Möglichkeit mehr, den richtigen Baum für Elke zu finden. Überraschend war sie im Frühjahr gestorben. Seitdem vergrub Gottfried sich in seiner Trauer, ging anderen Menschen aus dem Weg. Und an seinem Geburtstag, kurz vor Ostern, hatte er sich mit seinen Kindern zerstritten. Warum also Weihnachten feiern?

«Noch zwei Tage bis Heiligabend!», hatte ihn der Radiosprecher heute Morgen begrüßt, und Gottfried hatte kurz überlegt, ob er nicht verreisen sollte. Irgendwohin, wo es kein Weihnachten gab. Keine Engel, keine Weihnachtsmänner … und keine Tannenbäume. Warum nur musste er immer wieder an die dummen Weihnachtsbäume denken? Sicher weil heute der Tag war, an dem Elke stets angefangen hatte zu drängeln.

«Wenn du heute nicht losgehst, bleiben nur noch die kaputten und hässlichen über», hatte sie auch letztes Jahr gesagt und die Hände auf ihre typische Art in die Hüften gestemmt. «Dann bekommen wir wieder so ein Reststück wie jedes Mal.»

«Der Baum vom letzten Jahr war doch schön», hatte Gottfried protestiert, aber trotzdem seine Jacke angezogen und die Mütze aufgesetzt. «Und er hat wenig genadelt.»

«So krumm war er, dass die Lichterkette kaum gehalten

hat», hatte sie widersprochen und ihm noch nachgerufen: «Nimm nicht den billigsten. Nimm einen schönen!»

Jedes Jahr hatten sie diese Diskussion geführt. Gottfried wollte bis zum letzten Augenblick warten, um den Baum günstiger zu bekommen. Elke war gewillt, mehr Geld für eine schöne Tanne auszugeben. Jedes Jahr hatte Gottfried am dreiundzwanzigsten Dezember nachgegeben und sich auf die Suche nach einem – nein, nach *dem* einen – Weihnachtsbaum begeben.

«Ach, warum nicht», sagte Gottfried schließlich zu sich selbst. Er stellte den Fernseher aus, stand mühsam aus dem Sessel auf, der beinahe so alt war wie er. Im Flur zog er seine Jacke an und setzte die Mütze auf. «Für Elke.»

Aus dem Autoradio ertönte *White Christmas*, und Gottfried überlegte, wo er den Baum in diesem Jahr kaufen sollte. Sicher waren die Baumärkte voller Menschen, danach stand ihm heute auf keinen Fall der Sinn. Da fiel ihm der Parkplatz ein, wo jedes Jahr ein tiefvermummter Händler Nordmann- und Blautannen verkaufte. Der Mann redete nicht viel, und seine Bäume waren preisgünstig. Entschlossen schaltete Gottfried das Radio mitten in Bing Crosbys Gesang aus und fuhr in erholsamer Stille zu dem Platz. Dort angekommen, stellte er mit Schrecken fest, dass nur noch wenige Bäume da waren.

«Haben Sie noch Nordmanntannen?» Suchend schaute Gottfried sich um. Die Bäume waren in Netze gewickelt und unter Schneeresten versunken, sodass er überhaupt nicht erkennen konnte, was er vor sich hatte. «Nicht zu groß, nicht zu teuer.»

«So vier oder fünf stehen noch dahinten.» Der Händler deutete mit der Linken, die in einem dicken Handschuh steckte, vage in die Richtung. «Kommen Sie, ich bringe Sie hin.»

Die übriggebliebenen Bäume lagen kreuz und quer durcheinander, als ob ein achtloser Riese mit ihnen Mikado gespielt und danach nicht aufgeräumt hätte. Mit zielsicherem Griff zerrte der Verkäufer einen Baum aus dem Haufen heraus, klopfte den Schnee von ihm ab und hielt ihn an der Spitze aufrecht.

«Guter Baum. Nur zwanzig Euro.»

«Hmm. Hmm», machte Gottfried, während er um den Händler und die Tanne herumging. An sich sah der Baum ganz gut aus, ein bisschen krumm vielleicht, aber schön buschig. Am letzten Tag vor Heiligabend sollte er allerdings billiger zu haben sein. «Etwas schief, oder? Fünfzehn Euro.»

«Den müssen Sie nur richtig anschneiden, wenn Sie ihn in den Ständer stellen, dann ist das ein perfekter Baum.» Der Mann klopfte noch etwas Schnee weg. «Ganz frisch, riechen Sie mal. Achtzehn Euro.»

«Haben Sie noch andere?» Gottfried feilschte schließlich nicht zum ersten Mal. Den Preis konnte er sicher noch drücken, Zeit hatte er ja genug. «Aber nur Nordmanntannen, bitte.»

«Wie wär's mit dem?» Wieder zog der Händler einen

Baum heraus, klopfte ihn ab und präsentierte ihn. «Ist etwas kleiner. Kann man auf einen Tisch stellen. Siebzehn Euro.»

«Auf keinen Fall.» Der Preis sagte Gottfried zwar zu, aber das Bäumchen war auf einer Seite beinahe kahl. So etwas hätte Elke niemals akzeptiert. «Oder ist das der letzte?»

«Ein paar habe ich noch», antwortete der Mann, das Seufzen in seiner Stimme deutlich hörbar. «Aber viele nicht mehr. Heute ist schließlich …»

«Ich weiß», unterbrach ihn Gottfried. «Was war das? Haben Sie das nicht gehört?»

«Nein. Da ist nichts. Nehmen Sie den jetzt oder nicht?», fragte der Verkäufer gereizt.

«Psst. Ich bin mir sicher, da war was», zischte ihm Gottfried zu. Er beugte sich vor und lauschte. Wieder vernahm er ein schwaches Geräusch, wie ein leises Weinen. Hatte da etwa jemand ein Kind …? «Dahinten.»

«Da ist nichts.» Der Verkäufer schüttelte den Kopf, trat ungeduldig von einem Fuß auf den anderen und schlug die Hände zusammen, um die Kälte zu vertreiben. «Nur Reste.»

Aber Gottfried hörte nicht auf ihn, sondern ging in Richtung des Geräuschs. «Heben Sie mal den krummen Baum da etwas an», wandte er sich an den Verkäufer. «Bitte.»

«Wennse dann endlich einen kaufen.» Der Mann hob die schiefe Tanne an der Spitze hoch und zerrte sie etwas hervor. «Mensch, Sie hatten recht.»

Unter dem Schutz des Baums saß ein Kätzchen und blinzelte die beiden Männer aus müden grünen Augen an. Dann rollte es sich zusammen, als wollte es sich unsichtbar machen. Schwarzbraun war es und struppig. Gottfried konnte beim besten Willen nicht erkennen, wo der Dreck aufhörte und das Fell des Tierchens begann.

«Also, was ist. Welchen wollen Sie?» Der Verkäufer tippte ungeduldig mit dem Fuß, was das Kätzchen erschreckte. Es rollte sich noch kleiner ein und kniff die Augen zu. «Den hier kann ich Ihnen für zwölf Euro geben. Oder wollen Sie doch den ersten?»

«Gehört das Tier Ihnen?», ignorierte Gottfried die Frage, beugte sich vor und betrachtete das arme Ding genauer. Ganz mager war es und zitterte. Kein Wunder, bei der Kälte. «Warum holen Sie das Kleine nicht ins Warme?»

«Nie gesehen. Ich hab einen Dackel.» Der Händler trommelte gegen die Tanne, was diese nadelnd quittierte.

«Man kann sie doch nicht hierlassen», murmelte Gottfried, mehr zu sich selbst als zu dem ungeduldigen Mann. «Sie wird bestimmt erfrieren.»

«Nehmen Sie das Kätzchen doch mit», sagte der Verkäufer und beugte sich ebenfalls zu dem Tier hinunter. «Das ist so klein. Draußen wird es nicht mehr lange überleben.» Er klang ehrlich besorgt.

Gottfried dachte einen Moment nach. «Nehmen Sie es doch mit. Schließlich lag es unter Ihrem Baum», schlug er vor.

«Würde ich ja. Aber mein Dackel …»

«Aber … ich habe ja nicht mal etwas, worin ich es transportieren könnte», überlegte Gottfried laut.

«Ich könnte Ihnen einen Holzkorb geben», bot der Händler an. «Wer setzt bloß so etwas Kleines aus? Und dann noch zu Weihnachten.»

«Ich nehme den ersten Baum und den Holzkorb. Wenn die Katze sich fangen lässt.» Sicherheitshalber zog Gottfried seine Handschuhe an, bevor er einen Schritt näher an die kleine Schwarzbraune herantrat. Vorsichtig griff er nach dem Kätzchen, das sich sofort in seine Hand schmiegte und ganz leise zu schnurren begann. «Bringen Sie mir bitte den Baum zum Wagen?»

«Bin gleich wieder da.» Der Verkäufer strich dem Tierchen mit zwei Fingern über den Kopf. «Ich hol nur schnell den Korb.»

Vorsichtig hielt Gottfried das Kätzchen im Arm, das kaum etwas zu wiegen schien. Wann hatte das arme Tierchen wohl das letzte Mal etwas zu fressen bekommen? Apropos fressen – was für Futter bekam so ein Zwerg überhaupt, und wo bekam man es her? Und Streu und eine Kiste? Vielleicht sollte er das Tier einfach im Tierheim abgeben und hoffen, dass sich jemand seiner über Weihnachten erbarmte.

«Was wollen Sie mit ihr machen? Ins Tierheim bringen?» Inzwischen war der Händler mit einer Holzkiste in der Hand zurückgekehrt, die er mit Zeitungspapier und einem Handtuch ausgepolstert hatte.

«Nein», entschied Gottfried schnell. «Ich nehme sie mit.

Platz habe ich genug, ich bin ja allein.» Was war nur mit ihm los? «Wissen Sie, wo ich Fressen und Streu kaufen kann?»

«Dahinten in der Berggasse gibt es einen großen Futterladen.»

Während Gottfried das Kätzchen und die Kiste im Auto unterbrachte, vertäute der Mann die Nordmanntanne mit geschickten Griffen auf dem Dachgepäckträger.

«Was bin ich Ihnen schuldig?», fragte Gottfried schließlich und zog das Portemonnaie aus der hinteren Hosentasche hervor. «Achtzehn Euro, hatten Sie gesagt?»

«Lassen Sie gut sein», winkte der Händler lächelnd ab. «Kaufen Sie der Kleinen dafür etwas Schönes von mir. Fröhliche Weihnachten.»

«Fröhliche Weihnachten», antwortete Gottfried mit etwas Verspätung. Verdutzt steckte er das Portemonnaie wieder ein.

Schnell erreichte er den Tierfuttermarkt und staunte über dessen gewaltige Größe. Warum war ihm dieser riesige Laden noch nie aufgefallen? Er sah sich nach dem Kätzchen um. Sollte er es mitnehmen oder lieber im Auto lassen? Das Kleine drehte sich um und schnarchte leise im Schlaf. Besser nicht stören. Wohin sollte es auch fliehen?

Als Gottfried den Futtermarkt betrat, blieb er verdattert stehen und kratzte sich am Kopf. Wie sollte er sich hier nur zurechtfinden? Regale voller Tierfutter erstreckten sich vor ihm in endlosen Reihen. Glücklicherweise gab es Hinweisschilder, die ihm die Suche erleichterten. Hundefutter. Heu für Nager. Spezialfutter für Echsen. Fisch-futter. Katzenfutter.

Aber selbst nachdem er die Regalreihen mit dem Fressen für Katzen gefunden hatte, war ihm nicht geholfen. Worin bestanden die Unterschiede – außer im Preis – zwischen den unzähligen Dosen und Beuteln, auf denen zufrieden wirkende Katzen abgebildet waren? Außerdem war es mit Futter allein nicht getan. So eine Katze musste zur Toilette, wollte spielen und benötigte wohl auch einen eigenen Schlafplatz. Hilfesuchend schaute er sich um.

«Ich brauche alles.» Endlich hatte Gottfried eine Verkäuferin gefunden. Sie trug zur Feier der Jahreszeit eine rote Weihnachtsmütze und wirkte nicht besonders glücklich. «Für eine Katze. Eine kleine», erklärte er.

«Was meinen Sie mit ‹alles›?» Die Frau klang erschöpft, als könnte sie die Zeit bis zum Feierabend kaum mehr abwarten. «Und wie alt ist die Katze?»

«Ich weiß es nicht.» Gottfried nestelte verlegen an einem Knopf seiner Jacke herum, zog an dem losen Faden, den niemand mehr festnähte. «Ich habe sie – oder ihn – gerade eben gefunden. Sie ist ziemlich klein, ungefähr so.» Er hielt die Hände nebeneinander, sodass sie eine Kuhle bildeten, in die das schwarze Kätzchen perfekt passen könnte. «Ich hab sie im Auto, wenn Sie sie sehen wollen.»

«Gefunden?» Auf einmal klang die Verkäuferin interessiert. Ein Lächeln erhellte ihr Gesicht und ließ sie gleich freundlicher wirken. «Wo denn?»

«Unterm Weihnachtsbaum.» Kaum hatte er die Worte

ausgesprochen, spürte er, wie seine Ohren heiß wurden. «Also, nicht wirklich unterm Weihnachtsbaum, sondern als ich einen Baum kaufen wollte», stotterte er.

«Wer ist denn so gemein und setzt bei der Kälte ein Kätzchen aus?» Empört stemmte die Verkäuferin die Hände in die Hüften und schüttelte den Kopf. «Und Sie haben das Tierchen mitgenommen?», fragte sie, die Stimme deutlich sanfter.

«Ich konnte sie doch nicht erfrieren lassen. Aber ich habe gar nichts für eine Katze zu Hause. Ich weiß nicht mal, was man so braucht.»

«Kommen Sie mit. Weil Weihnachten ist und weil Sie ein guter Mensch sind, mache ich Ihnen einen Sonderpreis. Nass- oder Trockenfutter?»

«Keine Ahnung, ich habe sie ja gerade erst kennengelernt», konnte Gottfried nur schulterzuckend antworten. Die Katze hatte wie ein Baby ausgesehen. Was die wohl fraßen?

«Ich stelle Ihnen ein paar Sorten zusammen. Und ein bisschen Katzenmilch.» Mittlerweile hatte die Angestellte zu schmunzeln begonnen und wirkte deutlich jünger als vorher. «Katzen sind ja eigen, was ihr Futter angeht.»

Gottfried nickte. Er war froh, jemanden gefunden zu haben, der ihm diese Entscheidungen abnahm. Zielstrebig ging die Verkäuferin durch den riesigen Markt und holte einen Einkaufswagen, den sie mit sicherer Hand durch die Regalreihen schob. Sie drehte sich nach rechts, griff dort ein paar Dosen, wandte sich nach links, holte Tüten und Beutel, schob den Wagen nach vorn und packte zwei Näpfe ein, die mit schwarzen Kätzchen verziert waren.

«Danke schön.» Gottfried blieb nichts anderes übrig, als ihr zu folgen und staunend zu beobachten, was alles in dem Wagen Platz fand. «Was brauche ich noch?»

«Transportkorb. Katzentoilette. Streu», zählte die Verkäuferin auf. «Klumpstreu oder nicht klumpend?»

«Ich ... ich weiß nicht. Was ist denn besser?» Reichte denn nicht einfacher Sand? Niemals hätte er erwartet, dass es so kompliziert war, ein Kätzchen zu halten.

«Nehmen wir Klumpstreu. Und eine Schaufel. Nein, besser zwei.» Sie packte alles in den Wagen. «Ein Katzenbett. Welche Farbe?»

«Können Katzen Farben überhaupt erkennen?» Ratlos stand Gottfried vor dem Regal mit Liegekisschen, Schlafhöhlen und Decken von Grau über Blau bis hin zu Pink. «Welches ist am günstigsten?»

«Wie wäre es mit diesem hier?» Die Frau hielt ein braunes flauschiges Oval hoch. «Damit kann man nichts falsch machen.»

«Danke.» Noch immer staunte Gottfried, wie viel ein winziges Tier an Ausstattung brauchte. «Haben wir jetzt alles?»

«Beinahe. Einen Kratzbaum sollten Sie noch mitnehmen, wenn Ihnen etwas an Ihren Möbeln liegt.» Sie schob den Einkaufswagen um zwei Regale herum und hielt vor einer Kratzbaum-Oase an, wo graue, braune, blaue und pinkfarbene Holzgestelle unterschiedlichster Größen auf kratzfreudige Katzen warteten. «Fangen wir mit dem Grundmodell an.»

Ein gerade mal kniehohes Ding, bestehend aus zwei mit grauem Plüsch bezogenen Würfeln und einer Sisalstange dazwischen, fand seinen Weg in den Einkaufskorb.

«Haben Sie auch Katzen?», fragte Gottfried, um zur Abwechslung etwas Persönlicheres zur Unterhaltung beizutragen.

«Drei. Alle aus dem Tierheim.» Die Verkäuferin holte ihr Portemonnaie aus ihrem Kittel hervor und reichte ihm daraus ein Foto.

«Ganz schön riesig. Meine ist so winzig.» Gottfried holte erschrocken Luft. «Vielleicht ist sie ja krank.»

«Waren Sie mit ihr schon beim Tierarzt, wegen Würmern und Flöhen und so? Bei Straßenkatzen kann man nicht vorsichtig genug sein», warnte ihn die Frau, während sie den gutgefüllten Wagen in Richtung Kasse schob. «Hier sind noch ein paar Weihnachts-Snacks. Obwohl die Kleine ja schon Weihnachten feiern konnte, als Sie ihr das Leben gerettet haben.»

Als sie das sagte, fühlte Gottfried sich beinahe wie ein Held. Aber dann drängten sich die Sorgen wieder in den Vordergrund.

«Tierarzt? Würmer?» Er schluckte. Was sich so alles aus seiner spontanen Entscheidung ergab! Ach, egal – dieses Jahr hatte er ja keine Geschenke kaufen müssen. «Hat so kurz vor Weihnachten überhaupt noch ein Tierarzt auf?»

«Gehen Sie zu Frau Doktor Krug in der Langen Straße.

Da bin ich mit meinen Katzen auch», empfahl ihm die Verkäuferin. Sie packte ihm Futter, Katzenmilch und Schaufeln in den Transportkorb. Schließlich schüttete sie eine Unzahl kleiner Plastikpäckchen in das Katzenklo. «Futterproben», erklärte sie. «Vielleicht ist ja was dabei, was Ihre Kleine besonders gern mag.»

Gemeinsam trugen sie den Einkauf zum Auto. Nachdem sie alles im Kofferraum verstaut hatten, holte Gottfried die Kiste mit dem Kätzchen vom Rücksitz des Autos. Die Schwarzbraune öffnete die Augen, blinzelte schlaftrunken und gähnte.

«Ach nein, ist die goldig.» Mit glänzenden Augen streckte die Verkäuferin die Hand aus und strich dem Kätzchen vorsichtig über den Rücken. «Und dreckig.»

Als wollte sie protestieren, legte die Katze den Kopf schief, machte einen Buckel, drehte sich einmal um sich selbst und legte sich dann wieder hin.

«Aber ein Baby ist das nicht mehr. Vielleicht zwei oder drei Jahre alt», schätzte die Verkäuferin. «Wie heißt sie denn? Ist es überhaupt ein Mädchen?» Freundlich tätschelte sie Gottfrieds Schulter, was ihn zu seinem Erstaunen anrührte.

«Ich weiß es nicht. Sie oder er hat noch keinen Namen», musste er zugeben und schämte sich ein bisschen dafür. «Es ging alles so schnell.»

«Frohe Weihnachten für Sie und Ihre Katze», wünschte ihm die Verkäuferin. «Und danke.» Zum Abschied schüttelte sie Gottfried die Hand. Bevor er fragen konnte, wofür sie ihm dankte, hatte sie sich schon umgedreht und ging zurück in den Laden.

«Fröhliche Weihnachten», rief er ihr nach. Dann schaute er auf die Uhr: kurz nach zwölf. Wie lange die Tierärztin wohl geöffnet hatte? Sollte er sicherheitshalber vorher anrufen? Nein, er wollte nicht warten. Wenn seine Katze krank war, sollte sie so schnell wie möglich behandelt werden.

Vorsichtig hob er das Kätzchen aus der Kiste und setzte es in den Transportkorb, den er vorher mit der alten Decke von der Rückbank ausgepolstert hatte. Ein Geschenk von Elke. Für Notfälle. Das Tierchen blinzelte nur einmal und schlief sofort wieder ein. Ist das normal oder Anzeichen einer lebensbedrohlichen Krankheit?, fragte Gottfried sich nervös. Schließlich hatte es in den letzten Nächten gefroren. Wer weiß, wie lange das arme Ding draußen gewesen war?

«Guten Tag. Mein Name ist Pötter. Ich habe eine Katze gefunden», sagte Gottfried zu der jungen Frau hinter dem Tresen. Zu seinem Glück war die Praxis noch geöffnet, und nur ein Rottweiler und ein Kaninchen warteten gemeinsam mit ihren Menschen auf die Behandlung.

«Tut mir leid. Wir nehmen keine Fundkatzen an.» Die

Tierarzthelferin lächelte ihn freundlich, aber distanziert an. «Da müssen Sie ins Tierheim gehen.»

«Nein, nein.» Unwillkürlich lächelte Gottfried zurück. «Ich würde sie gern behalten, möchte aber wissen, ob sie gesund ist.»

«Ach so. Das ist toll von Ihnen! So freundliche Menschen gibt es viel zu selten. Nehmen Sie bitte noch einen Augenblick Platz.» Als die junge Frau ihn anstrahlte, fühlte Gottfried sich ein paar Zentimeter größer.

Er setzte sich auf eine der orangefarbenen Bänke, die Transportkiste stellte er neben sich. Das Kätzchen presste seinen Kopf an die Gitter und schaute sich neugierig um. Ob es Hunger hatte? Oder Durst? Sollte er ihm jetzt schon etwas zu essen geben oder lieber erst die Untersuchung abwarten? Ach, eigentlich wollte er sich gar nicht mit solchen Fragen beschäftigen. Er wollte seine Ruhe. Hatte er vielleicht doch zu überstürzt entschieden, das Kätzchen bei sich aufzunehmen?

«Kommen Sie bitte.» Die freundliche Helferin führte Gottfried zu einem Behandlungszimmer, nachdem Kaninchen und Rottweiler versorgt waren. Zwei Poster, eins mit Hunde-, das andere mit Katzenrassen, hingen an der Wand. Ihnen gegenüber erblickte Gottfried einen Kalender, dessen aktuelles Monatsblatt ein wurmartiges Monster zeigte. Gottfried stellte die Transportkiste auf den Tisch, holte seine Lesebrille aus der Jacke und schaute sich die Bildunterschrift an.

«Ein Leberegel in riesiger Vergrößerung. Faszinierend,

nicht wahr?», sagte jemand hinter ihm. Erschrocken drehte er sich um, er hatte niemanden hereinkommen hören.
«Guten Tag. Mein Name ist Melanie Krug», stellte die Frau sich vor. «Ich bin die Tierärztin.»

«Guten Tag. Ich heiße Gottfried Pötter.» Er musterte sie eingehend. Die Tierärztin schien Gottfried sehr jung zu sein, und auf einmal fühlte er sich alt. Vielleicht sollte er ihr einfach die Katze in die Hand drücken und allein nach Hause gehen. Was wollte ein alter Kerl wie er mit einem Kätzchen, das gut und gerne zwanzig Jahre leben konnte?

«Wen haben Sie mir mitgebracht?», fragte die Ärztin mit einem Blick auf den Transportkorb.

«Sie hat noch keinen Namen. Ich weiß nicht einmal, ob es ein Er oder eine Sie ist. Ich habe es gefunden, heute, unter einer Nordmanntanne.» Entschuldigend hob Gottfried die Hände.

«Im Wald?» Fachmännisch nahm die Tierärztin das sich sträubende Kätzchen aus der Transportkiste. «Sieht aus, als hätte es ziemlich lange auf der Straße gelebt.»

«Beim Weihnachtsbaumverkauf. Ich wollt's da nicht sterben lassen. Der Baum ist noch auf dem Auto.» Es war ihm unangenehm, die ganze Geschichte erklären zu müssen.

«Das war toll von Ihnen.» Vorsichtig drehte die Tierärztin das Tier um und hob dessen Schwanz. «Ein Junge, eindeutig. Kastriert. Also hatte er mal ein Zuhause.»

«Oh.» Daran hatte Gottfried noch gar nicht gedacht. Vielleicht hatte seine Katze – nein, sein *Kater* – sich nur verlaufen, und seine Familie suchte nach ihm? Das wäre die einfachste Lösung … Trotzdem gefiel Gottfried der Gedanke nicht, den Kleinen jemandem zu überlassen, der ihn verloren hatte. «Können Sie herausfinden, wem er gehört?»

«Einen Chip hat er nicht, auch keine Nummer im Ohr. Aber Milben.» Die Tierärztin leuchtete dem Katerchen ins Ohr. «Flöhe hat er überraschenderweise keine, die sind wohl erfroren.» Sie tastete den Kater ab, öffnete sein Maul, schaute sich die Zähne an und horchte ihn mit einem Stethoskop ab. «Er scheint gesund zu sein», stellte sie schließlich fest. «Etwas unterernährt, aber er ist nicht erkältet, was einem Wunder gleichkommt.» Sanft streichelte sie dem Tier über den Rücken. «Ich empfehle einen Bluttest. Es könnte sein, dass er FIV hat, sogenanntes ‹Katzen-Aids›, oder Leukose, auch ‹Katzenleukämie› genannt.»

«Ist das tödlich?» Von diesen Krankheiten hatte Gottfried noch nie gehört, aber beides klang beunruhigend. Er sollte sich wohl möglichst bald ein Buch über die Aufzucht und Pflege von Katzen besorgen, damit er mit all diesen Begriffen etwas anfangen konnte.

«Wir wollen nicht vom Schlimmsten ausgehen.» Die Tierärztin lächelte ihm beruhigend zu. «Eine Infektion mit dem FIV-Virus muss nicht zwangsläufig zum Ausbruch der Krankheit führen; Leukose wäre gefährlicher. Wollen Sie den Test?»

Gottfried schluckte. Aber Unwissenheit war auch keine Lösung. «Ja, wenn es sein muss. Wann bekommen Sie das Ergebnis?»

«Wir machen einen Schnelltest, das dauert zwei Stunden. Machen Sie sich erst einmal keine Sorgen.»

Gottfried nickte, obwohl er einen Kloß im Hals spürte.

«Ich gebe Ihnen so schnell wie möglich Bescheid. Und jetzt bekämpfen wir erst einmal die Milben und sicherheitshalber auch Würmer und andere Parasiten.» Sie öffnete eine Schranktür und holte mehrere Ampullen heraus.

Das Katerchen maunzte, als hätte es jedes Wort verstanden, und presste sich flach an den Tisch. Ohne großes Murren ließ der Kleine sich die Ohren säubern und Blut abnehmen. Zum Abschluss streichelte die Tierärztin ihn unter dem Kinn.

«Wenn nur alle Patienten so freundlich wären wie du. Das Fell sollten Sie vorsichtig bürsten», erklärte sie Gottfried, «aber den Dreck bekommt er allein wieder weg. Haben Sie schon einen Namen?»

«Mohrle vielleicht oder Mikesch?» Gottfried runzelte die Stirn. Irgendwie sah sein neues Haustier weder nach einem Mohrle noch nach einem Mikesch aus. «Haben Sie eine Idee?»

«Was halten Sie von Findus?», schlug die Tierärztin vor. Als sie den Kater wieder in seinen Transportkorb setzen wollte, sträubte der sich, als fürchtete er um sein Leben. «Was hat er nur?»

«Ich schätze, er mag den Transporter nicht. Dann muss es eben so gehen.» Gottfried nahm den Kater auf den Arm. «Aber Findus gefällt mir. Danke und frohe Weihnachten.»

«Schön, dass Sie dem Kleinen ein Zuhause geben. Fröhliche Weihnachten», wünschte ihm die Tierärztin. Beim anschließenden Blick ins Wartezimmer stieß sie einen kaum hörbaren Seufzer aus, und Gottfried fragte sich, ob das dem Dackel oder dem Kater galt, die beide um die Wette jaulten und heulten.

Während der gesamten Autofahrt maulte Findus in seinem Transportkorb, in den Gottfried ihn sicherheitshalber eingesperrt hatte. Gottfried war heilfroh, als er endlich bei seiner Wohnung angekommen war. Seufzend schaute er sich die Bescherung an. Er würde mindestens dreimal laufen müssen, bis er Kater, Tannenbaum und Katerzubehör in die Wohnung gebracht hätte. Am besten fing er mit Findus und etwas zu fressen an. Den Katzentransporter in der Rechten und eine Tüte mit Futter und Katzenmilch in der Linken, stieß er die Haustür mit dem Fuß auf.

«Was haben Sie denn da?»

Gottfried ächzte. Er hatte gehofft, seinen neuen Gefährten am Hausmeister vorbeischmuggeln zu können. Hatte der Mann sogar vor Weihnachten nichts Besseres zu tun, als ihm aufzulauern? Bestimmt hielt der ihm jetzt gleich eine Predigt, dass Tierhaltung nicht erlaubt war oder angemeldet werden müsste, und über alle anderen Vorschriften und Verbote, die im Haus eingehalten werden sollten.

«Einen Kater», erklärte Gottfried schicksalsergeben, blieb stehen und hob den Transportkorb, sodass der Hausmeister einen Blick hineinwerfen und sich davon überzeugen konnte, dass es wirklich nur ein Tier war und nicht gleich ein Katzenrudel. «Ich habe ihn draußen gefunden und wollte ihn bei dem Wetter nicht allein …»

«Der ist ja noch ganz klein.» So sanft hatte die Stimme des Hausmeisters noch nie geklungen. Der Mann hatte sich nach unten gebeugt und stieß mit der Nase beinahe ans Gitter des Käfigs. «Miez, Miez, guck mal.»

Ich würde mich in die hinterste Ecke verziehen, wenn so ein Riesenschädel auf mich zukäme, dachte Gottfried, aber das Katerchen schob sich an das Gitter heran, bis seine Nase beinahe die des Hausmeisters berührte. Vorsichtig streckte der einen Finger in die Transportkiste, um Findus zu streicheln. Gottfried verspürte einen Stich der Eifersucht, als das Tier zu schnurren begann.

«Wie heißt denn der Kleine?» Der Hausmeister zog den Finger zurück und richtete sich auf.

«Findus.» Gottfried lächelte, froh, dass er einen schönen Namen für sein Haustier hatte.

«Früher, als Kind, da hatte ich auch immer Katzen», erzählte der Hauswart. «Komisch, dass ich mir jetzt nie eine zugelegt habe. Wo haben Sie ihn denn her?»

«Jemand hat den Kleinen beim Tannenbaumverkauf

ausgesetzt. Ich konnte ihn bei dem Wetter doch nicht draußen lassen.»

«Was sind das nur für Menschen? So einen kleinen Kerl einfach wegzuwerfen», wunderte sich der Hausmeister mit seinem typischen Hausmeisterkopfschütteln, doch heute ärgerte Gottfried sich nicht darüber, sondern stimmte dem Mann aus vollem Herzen zu.

«Ich muss ihm etwas zu essen geben.» Zu seiner eigenen Überraschung griff Gottfried nach der Hand des Hausmeisters und schüttelte sie zum Abschied. Und die Worte, die ihm dabei aus dem Mund purzelten, überraschten ihn beinahe noch mehr: «Besuchen Sie Findus und mich doch einfach mal.»

«Das ist nett. Darauf komme ich bestimmt zurück.» Vorher hatte Gottfried nicht einmal geahnt, dass der Hausmeister lächeln konnte. Jetzt zog ein breites Grinsen über das Gesicht des Mannes. «Frohe Weihnachten Ihnen beiden.»

Geschafft! Endlich war alles in die Wohnung gebracht und der Weihnachtsbaum aufgestellt. Findus hatte sich wie ein Verhungernder auf das Futter gestürzt, zwei Schälchen Milch aufgeschlabbert und sich dann auf Gottfrieds Lieblingssessel zu einem Schläfchen niedergelassen. Währenddessen baute Gottfried das Katzenklo im Bad auf und füllte es mit Klumpstreu. Keine fünf Minuten später hörte er es laut scharren. Findus schien sich durch den Boden des Katzenklos hindurchgraben zu wollen. Erstaunlich, was für eine Sauerei so ein Tierchen anstellen konnte! Und noch erstaunlicher, was für Duftwolken damit einhergingen.

«Morgen machen wir's uns richtig schön, mein Kleiner», versprach Gottfried und ließ sich in den Sessel sinken, von dem aus er einen guten Blick auf den Baum hatte. Die Tanne musste noch geschmückt werden. Das hatte sonst immer Elke erledigt. Was sie wohl von Findus gehalten hätte? Gottfried spürte wieder den Kloß im Hals, der immer auftauchte, wenn er an Elke dachte. Sicher hätte sie mit ihm geschimpft, weil er an Weihnachten allein zu Hause blieb.

«Mie-ep?», erklang es auf einmal fragend zu seinen Füßen. Findus schaute mit großen Augen zu ihm auf. Vorsichtig sprang er auf Gottfrieds Schoß, wo er sich zum Schlafen zusammenkuschelte.

«Na, na, du Kleiner. Jetzt ist erst einmal Fellpflege dran. So kann man dich ja nicht vorzeigen.»

Vorsichtig stand Gottfried mit dem Kater auf dem Arm auf und legte ihn auf den Sessel. Der Kleine gähnte und schloss die Augen. Er blieb einfach liegen, während Gottfried ihm mit Elkes alter Bürste den gröbsten Dreck aus dem erstaunlich langen Fell kämmte. Nur das sich steigernde Schnurren zeigte, dass er nicht eingeschlafen war. Gottfried striegelte und bürstete Findus und fühlte sich zum ersten Mal seit langer Zeit wieder zufrieden. Als das Telefon klingelte, zuckte er zusammen.

Wer konnte das sein? Weil ihn niemand mehr anrief, hatte er schon in Erwägung gezogen, das Telefon ganz abzumelden. Er stand auf und ging zum Apparat.

«Pötter?», meldete er sich. Das Katerchen hob den Kopf und miaute fragend.

«Hallo, Herr Pötter. Hier Milan von der Tierarztpraxis Krug.»

«Hallo.» Plötzlich schlug Gottfrieds Herz schneller. Die Testergebnisse hätte er beinahe vergessen. «Ist er krank?»

«Nein, nein. Alles in Ordnung. Die Schnelltests waren negativ.» Auch die Tierarzthelferin klang erleichtert. «Ich wünsche Ihnen und Findus schöne Weihnachten.»

«Danke. Das wünsche ich Ihnen auch.» Gottfried legte eine Hand aufs Herz und seufzte erleichtert. Findus musterte ihn aufmerksam.

Beide fuhren zusammen, als das Telefon erneut klingelte. Hatte die Tierärztin etwas vergessen?

«Hallo?», meldete er sich.

«Hallo, Papa.» Es war seine Tochter. Sie hörte sich unsicher an. Erstaunlich, dass sie ihn anrief, obwohl er derjenige war, der den dummen Streit vom Zaun gebrochen hatte. «Ich wollte nur fragen, was du Weihnachten machst. Willst du wirklich allein feiern?»

Gottfried überlegte einen Augenblick. Es hatte doch keinen Sinn, den Riss konnte er nicht kitten. Die Kinder hatte er mit seiner schlechten Laune und den Vorwürfen vertrieben. Sie hatten ihr eigenes Leben. Aber als er sich kurz angebunden verabschieden und auflegen wollte, spürte er eine sanfte Berührung an seinem Unterschenkel. Er schaute nach unten und sah das Kätzchen, die winzigen Pfoten wie eine Art Aufforderung an seine Wade gelegt. Dann streckte Findus die Krallen aus und kletterte an Gottfrieds Hosenbein empor.

«Autsch, lass das!» Vorsichtig pflückte er das Tierchen mit der freien Hand von der Hose und legte es auf seine Schulter. Der Kleine schloss die Augen und schnurrte zufrieden.

«Papa? Bist du noch da?», fragte seine Älteste besorgt, sodass er ein schlechtes Gewissen bekam, weil er sich so lange nicht bei ihr gemeldet hatte. «Papa, sag doch was.»

«Ja, ja. Ich musste nur Findus von meinem Bein nehmen.»

«Wen?»

«Ich habe einen Kater gefunden.»

«Was ist denn?», hörte er die Stimme seines Schwiegersohns im Hintergrund.

«Mein Vater sagt, er hätte eine Katze gefunden. Müssen wir uns Sorgen machen?» Die Stimme seiner Tochter klang gedämpft, als hätte sie ihre Hand über den Hörer gelegt.

Die Antwort des Schwiegersohns konnte er nicht verstehen.

«Du musst dir keine Sorgen machen.» Gottfried spürte, wie der Groll in ihm hochstieg. Groll darüber, dass alle sich sorgten und ihm das auch noch sagten, als wäre er ein hilfloser alter Mann. Gerade wollte er zu einer harschen Antwort ansetzen, als die Krallen des Katerchens sich in seinen Hals bohrten. «Autsch! Jetzt krallt er sich in meinen Hals.»

«Du hast also wirklich einen Kater.» Seine Tochter lachte leise, so wie ihre Mutter immer gelacht hatte, wenn Gottfried einer seiner Ideen gefolgt war. «Ich dachte immer, du wärst ein Hundemensch.»

«Ich habe ihn gefunden, als ich einen Tannenbaum kaufen wollte. Wenn ich ihn nicht mitgenommen hätte, wäre er bestimmt erfroren.» Wie oft hatte er die Geschichte heute schon erzählt?

Schweigen auf der anderen Seite. Dabei war seine Tochter immer die Tierfreundin gewesen. Das Kind, auf dessen Weihnachts-Wunschzettel jedes Jahr eine Katze oder ein Hund oder ein Pony gestanden hatte.

«Du hast dir doch immer eine Katze gewünscht. Na ja, ich habe jetzt eine.» Gottfried zögerte einen Augenblick und holte tief Luft. Was, wenn sie ablehnte, wenn sie schon etwas vorhatten? «Wenn ihr wollt, könnt ihr morgen zum Kaffee kommen. Dann kannst du Findus kennenlernen», platzte es aus ihm heraus. «Dein Mann und du», redete er schnell weiter, bevor er es sich anders überlegen konnte. «Und sag deinem Bruder auch Bescheid, bitte.»

«Äh, ja. Moment, ich muss Matthias fragen.» Wieder hörte er gedämpft ihre Stimme. »Mein Vater lädt uns für morgen ein.»

Ein kurzer Wortwechsel folgte, den Gottfried nicht

verstehen konnte, weil Findus lauthals in sein Ohr schnurrte.

«Wir kommen gerne. Danke schön.» Fast meinte er, das Lächeln seiner Ältesten hören zu können. «Soll ich Kuchen mitbringen?»

«Nein. Nein, lass das.» Gottfried griff nach dem Katerchen, das gerade an seinem Rücken hinabkletterte und dabei seine spitzen Krallen durch das Hemd bohrte, und setzte es vorsichtig auf den Tisch.

«Miarf», empörte sich Findus.

«Wie bitte?»

«Nicht du. Die Katze.»

«Grüß ihn von mir. Und ich grüße Matthias und Jan von dir», sagte sie ganz gelöst, und Gottfried fühlte einen Stich, weil er so lange in seinem Zorn verharrt hatte. «Bis morgen, Papa.»

«Bis morgen.» Gottfried legte auf, pflückte Findus vom Tisch, setzte sich in den Sessel und legte sich das Katerchen auf den Bauch. «Na, du. Dank dir werde ich richtige Weihnachten feiern.» Gottfried streichelte Findus unterm Kinn, sodass der den Kopf weit hervorstreckte und schnurrte und schnurrte. «Langsam frage ich mich, wer hier wen gefunden hat.»

«Miöp», antwortete Findus, blinzelte zweimal und schloss die Augen.

Nachwort und Dank

Von der ersten Idee bis zum fertigen Manuskript haben mich viele Menschen und Katzen begleitet, denen ich an dieser Stelle danken möchte.

Als Erstes danke ich Sibylle Klöcker, der die Idee zu «Weihnachtspunsch und Weihnachtskater» gefallen hat und die sich für die Geschichten einsetzte.

Sabine Lindecke und Matthias Hofinger, Testleser der ersten Fassungen, danke ich für ihre konstruktiven Anmerkungen und das Wiedererkennen der Kater in den einzelnen Geschichten.

Als Testleserinnen mit Katzenverstand habe ich Irmgard Schüler – mit lieben Grüßen an Piri und Karlheinz – und Angela Richter – mit herzlichen Grüßen an Joschi, Paul und Reinhold – gewinnen können und sage ihnen hiermit danke.

Großer Dank gilt meiner Lektorin Iris Homann für ihre wunderbaren Vorschläge, die den Texten den Feinschliff gegeben und sie deutlich verbessert haben. Die Zusammenarbeit hat mir viel Spaß gemacht.

Und zum Schluss bedanke ich mich bei unseren Katern

(zu finden auf meiner Webseite www.christianelind.de), die es geduldig ertrugen, dass ich sie verfolgte und beobachtete und mit «Nun sagt doch mal was, bitte!» belästigte. Alle Übertragungsfehler aus der Katersprache gehen auf mich zurück.

Schwarzbrot und Weißbrot sind die Helden in «Niemand will uns haben».

Graubrot diente als Vorbild für Maunz in «Weihnachten mit Dackel» – und, ja, er hat schon einmal Geschenkband gefressen.

Das Kleine Brot übernahm die Rolle von Findus in «Das Kätzchen unterm Tannenbaum».

Linus schließlich war der Ideengeber für «Linus Langnase und das Geheimnis der verschlossenen Türen». Den Weihnachtsbaum hat er wirklich umgerissen, und Türen sind für ihn eine Herausforderung.

«Der Weihnachtsretter» ist Wittepot gewidmet, der vierzehn Jahre lang unser Familienleben begleitete.

«Weihnachtspunsch und Weihnachtskater» ist eine Erinnerung an den viel zu früh verstorbenen Mio.

«In der Wildnis mit Weihnachtsmann» entspringt allein meiner Phantasie.

Alle Kater sind aus dem Tierschutz, und mein abschließender Dank gilt den Menschen, die dort arbeiten und mit ihrem Einsatz dafür sorgen, dass Tiere ein Zuhause finden.